Annette Pehnt
Die schmutzige Frau

Annette Pehnt

Die schmutzige Frau

Versroman

PIPER

Mehr über unsere Autorinnen, Autoren und Bücher:
www.piper.de/literatur

Von Annette Pehnt liegt im Piper Verlag vor:
Ich muss los
Insel 34
Der kleine Herr Jakobi
Haus der Schildkröten
Mobbing
Man kann sich auch wortlos aneinander gewöhnen
das muss gar nicht lange dauern
Hier kommt Michelle
Lexikon der Angst
Chronik der Nähe
Die Bibliothek der ungeschriebenen Bücher
(mit Friedemann Holder und Michael Staiger)
Briefe an Charley
Alles was Sie sehen ist neu
[redacted]

Unser Versprechen für mehr Nachhaltigkeit
Klimaneutrales Produkt
FSC®-zertifiziertes Papier
Hergestellt in Deutschland

FSC
www.fsc.org
MIX
Papier aus verantwortungsvollen Quellen
FSC® C014496

ISBN 978-3-492-07107-9

3. Auflage 2023

Gesetzt aus der Granjon
Satz: Satz für Satz, Wangen im Allgäu
Druck und Bindung: GGP Media GmbH, Pößneck
Printed in Germany

1.

Meinmann: kaum verändert

An manchen Tagen kaum noch derselbe Mensch

Während ich ihn früher groß gewachsen fand, scheint er mir heutzutage eher klein

In seinem damals so kantigen und deutlich geschnittenen Gesicht: nun eine Härte

Seine Finger, früher eher schlank und spitz zulaufend: inzwischen knollig und an den Gelenken mit Haaren bewachsen

Nicht in jedem Licht und zu jeder Tageszeit fallen mir diese Veränderungen ins Auge

Manchmal, wenn wir in der Abendsonne, die großzügig durch die Fenster fällt, unsere Vorspeise löffeln und ich ihn von der Seite mustere, scheint er mir ganz der Alte, und ich wundere mich, wie die Jahre so spurlos an ihm vorüberziehen konnten

Er spürt meinen Blick, sieht mich an

Gleich senke ich die Augen, lasse mir die Haare ins Gesicht fallen, weil ich weiß, dass auch er mich vergleicht mit der Frau, in die er sich damals verliebt hat,

dass er meine Beine und Handgelenke mustert

Und ich schaue weg, fürchte diese Spur von Ekel in seinem Blick

Aber genau in solchen Momenten greift er nach meiner Hand oder fasst mich am Kinn

Schau mich an, sagt er dann leise, in seinem Blick sehe ich nur Lob und Bewunderung

Das wird sich erst ändern, wenn ich einen Fehler begehe: unendlich viele Möglichkeiten, Fehler zu machen

Sehr viele sind mir bereits unterlaufen, andere kann ich nur ahnen

Als ich noch nicht wusste, wie leicht es ist, sich falsch zu verhalten, beging ich zahlreiche, wurde aber nicht korrigiert, weil Meinmann sich zurückhielt

Das muss ihn viel Kraft gekostet haben

Ich erinnere mich, dass er ganz zu Anfang, als wir uns noch nicht lange kannten, nachts im Schlaf mit den Zähnen knirschte

Er lag ganz still auf der Seite,

lang ausgestreckt wie ein ruhender Römer,

das Gesicht glatt und ruhig, bis die Kiefer anfingen zu mahlen

Ich wachte von dem Geräusch auf,

konnte erst im Dunkeln nicht erkennen, dass es von ihm kam, dann begriff ich, was sich da neben mir abspielte

Ich wagte es nicht, Meinenmann zu berühren, weil er sich oft über schlechten Schlaf beklagte und nicht geweckt werden wollte

Wenn ich ihm morgens erzählte, er habe wieder mit den Zähnen geknirscht in der Nacht, nickte er nur, er wusste es ja

Er spürte sicher noch den Druck in den Zahnwurzeln

So ist es bei mir, wenn ich morgens mit geballten

Fäusten und verdrehtem Nachthemd in meinem Schweiß aufwache

Zu den Fehlern, die ich immer wieder begangen habe und bis heute begehe, gehört:

Meinenmann stören, wenn er in die Arbeit vertieft ist (sehe ich denn nicht, dass er arbeitet)

Meinenmann nicht stören, wenn er in die Arbeit vertieft ist, sodass er vergisst, eine Pause zu machen (langes Sitzen führt zu Verspannungen im Nacken- und Schulterbereich)

Meinemmann unwillkürlich durch das Haar fahren, weil es in der Sonne glänzt (wieso jetzt gerade, wo ihm nicht danach ist)

Meinemmann nicht durch das Haar fahren, das in der Sonne glänzt (sehe ich denn nicht, wie schön die Sonne in seinem noch fülligen Haar spielt)

Meinenmann fragen, ob er die Kellertür abgeschlossen hat (als würde er das jemals vergessen)

Meinenmann nicht fragen, ob er die Kellertür abgeschlossen hat (wie konnte ich das vergessen)

Ihn unterbrechen, während er zu längeren Ausführungen ansetzt

Ihn fragen, wann ich diese Wohnung verlassen und in das Haus zurückkehren könnte, das zu groß ist für ihn und sicher für die Jahreszeit zu kühl, weil er immer vergisst, die Heizung rechtzeitig einzuschalten

Anfangs habe ich oft gefragt, er gab immer die gleiche Antwort: Niemand hält dich hier

Es ist wahr, niemand hält mich hier fest, Meinmann ist kein Wärter und ich keine Gefangene, die Tür ist nicht abgeschlossen, und ich besitze genug Kleidungsstücke,

Schuhe, Jacken und Schals, die es mir erlauben würden, angemessen gekleidet dort unten auf die Straße zu treten,

vielleicht D zu treffen oder H, oder all die anderen, die ich schon so lange nicht mehr gesehen habe, dass ich sie schon beinahe vergessen habe

Ich kann jederzeit meine schmalen braunen Lederschuhe schnüren, den hellen Mantel von der Garderobe nehmen und die Hand auf die Türklinke legen, ein schlichtes L aus Edelstahl, neu und praktisch

wie alles in dieser Wohnung

Alles andere wäre lächerlich

Ich selbst habe mit Meinemmann die Pläne für die Wohnung angeschaut, wir haben über die Armaturen im Bad beraten und die schlichte, aber hochwertige Türklinke ausgewählt, denn was man täglich berührt, sollte einfach und haltbar sein

Als ich zum ersten Mal eintrat, musterte mich Meinmann genau,

um in meinem Gesicht zu lesen, ob ich mich einleben würde

oder nicht

Es entscheidet sich innerhalb der ersten Sekunden, ob man an einem Ort bleiben wird, ob man es dort aushält oder nicht

Das wusste auch Meinmann

Ich war vorher nie in der Wohnung gewesen, obwohl Meinmann mich dazu aufgefordert hatte

Ich müsse doch wissen, worauf ich mich einließe

Ich könne mich ja einbringen in die Planungen

Aber ich vertraue seinen Entscheidungen, er wusste immer, was gut für uns ist, und so wird es auch dieses Mal gewesen sein

Als die Wohnung fertig renoviert war und wir zum ersten Mal hinfuhren, gab ich gut acht auf mein Gesicht,

hielt es im Aufzug ruhig und unbewegt, nur um dann, als er mir oben die Tür aufhielt und mir den Vortritt ließ, kurz zu zögern,

mich zu ihm umzudrehen,

ihm einen ernsten Blick zuzuwerfen und rasch und voller Vertrauen durch den Flur voranzugehen ins Wohnzimmer, das an diesem späten Sommernachmittag hell und still in der Sonne auf mich wartete, ein Geruch nach frisch gewachstem Parkett und Zitrone in der Luft

Die Reinigungskräfte hatten alles vorbereitet

Ich sollte nicht das Gefühl haben, in eine alte, abgestandene Bude geschickt zu werden

Er hatte mir Bilder gezeigt, auch die Rechnungen verbarg er nicht vor mir, ich wusste, was mich erwartete, und ich war bereit

Meinmann stellte den Koffer ab, einige Kisten hatten wir schon vorher hierher transportieren lassen

Dann gingen wir eine Weile in der leeren Wohnung hin und her,

fuhren mit den Fingerkuppen über den grauen Sofaüberzug und die dunkelblau schimmernde Ceranplatte in der Küche,

klopften gegen die weiß verputzte Küchentheke und strichen an den makellos lackierten Türrahmen entlang, bevor wir uns umarmten und eine Weile festhielten, die Gesichter an den Hals des anderen gepresst,

so wie früher, ein fiebrig vergangener Augenblick, der auf einmal in diese neue, frisch geordnete Gegenwart hineineiterte, bis wir es nicht mehr aushielten und uns voneinander lösten

Meinmann stellte mir noch eine Flasche Rosé neben den Herd, die ich vorher nicht bemerkt hatte, sodass es mir vorkam, als zaubere er sie aus seinem Jackettärmel, nickte mir zu und schloss leise die Tür hinter sich

Nun war ich allein, so wie ich es mir gewünscht hatte

Wir hatten vorher ausgemacht, dass er mich gleich verlassen und die Tür ohne große Worte hinter sich zuziehen sollte

Bald würde ich ihn ja ganz gewiss wiedersehen

Ich musste mich einleben, so rasch wie möglich

Ich setzte mich auf das anthrazitfarbene Sofa und atmete langsam durch die Nase ein und aus

Meine Bauchdecke und auch die Oberschenkel: merkwürdig gespannt, als stünden ein Niesanfall oder ein plötzlicher Sprint unmittelbar bevor

Ich stellte die Beine nebeneinander auf den Boden, legte beide Hände in den Schoß und achtete darauf, dass sich meine Finger nicht verkrampften

Plötzlich ging mir die Luft aus,

ich riss den Mund auf, um mehr Luft in mich hineinzulassen

So saß ich eine Weile, kerzengerade, mit aufgerissenem Mund, bis mein Blick sich wieder schärfte und ich mich selbst in den großen Fenstern erkannte, eine kleine, lautlos schreiende Frau, und gleich schloss ich den Mund, lächelte über das kleine Schnappgeräusch und bekam nun auch wieder Luft

Meinmann hat mir Papier gebracht, einen ganzen Stapel weiße Bögen,

und auch ein kleines gebundenes Buch, falls mir das mehr liegt

Du wolltest doch immer schreiben, sagt er und lächelt mir zu, während er das Buch und den Papierstapel vorsichtig auf meinem Schreibtisch ablegt, Gedichte wolltest du schreiben

Es gefällt ihm, dass ich eine künstlerische Neigung habe

Nun habe ich einen Ort ganz für mich, an dem ich mich entfalten kann

Setz dich nicht unter Druck, sagt er, mach es einfach so, wie es sich ergibt, du musst lernen, auf dich selbst zu hören

Das klingt überzeugend, alle wollen das, warum sollte ich es nicht wollen

Ich sitze an diesem Schreibtisch aus dunklem Kirschholz (den Meinmann für mich endlich erworben hat) und probiere es aus,

hier zu sitzen, mit all dem Papier und den Stiften, fürsorglich gespitzt

Gedichte schreiben:

Oft stellte ich mir im alten Haus vor, wie ich an einem sorgfältig polierten Schreibtisch säße, einem wie diesem, und die ersten Worte mit der Hand in ein leeres Heft schriebe, wie die Tinte in das Papier hineinsickerte und niemand sie mehr auslöschen könnte,

vielleicht nicht gerade Gedichte,
aber warum nicht,
das sind ja auch nur Geschichten in Zeilen,
und wie meine Hand in langsamen Bahnen von links nach rechts zöge, um immer wieder frisch anzusetzen

Dabei schreibe ich nie mit der Hand

Aber es ergab sich nicht, ich hatte keine Zeit oder war erkältet, am Küchentisch fiel mir nichts ein, und das Büro war für Meinenmann reserviert

Es ergab sich eben nicht

Als der Schreibtisch (Kirschholz) kam, ließ Meinmann ihn ans Fenster stellen

Er wünschte mir einen freien, weiten Ausblick beim Arbeiten (weil er selbst in einem Büro sitzt, dessen Fenster auf den Hinterhof eines Bankgebäudes hinausgehen, und ganz gleich, wohin er seinen Schreibtisch schiebt, er sieht immer nur Beton)

Das wollte Meinmann mir ersparen

Er liebt den freien Blick, will immerzu hinauf in die Höhe

Früher bestieg er jeden Kirchturm, und am Wochenende nahm er mich in die Berge mit, die nicht so weit von unserer Stadt entfernt sind, wie man meinen könnte

Wir gingen stundenlang bergauf und verirrten uns nie, denn Meinmann kannte jeden Weg und brauchte keine Karten

Manchmal kamen mir die Richtungen vertauscht vor

Ich war mir fast sicher, wir wären vor einigen Stunden schon an jenem Felsblock und dieser schütteren Kiefer vorübergelaufen

Aber Meinmann bestand darauf, dass er genau wusste, wo wir waren

Felsen und Kiefern sehen nun mal immer gleich aus, sagte er

Da ich nicht gut darin war, die Landkarten zu lesen, konnte ich ihm wohl kaum widersprechen

Es war ja auch egal, denn wir gingen zusammen durch die kühlen Wälder, Meinmann trug den Rucksack, ich brauchte einfach nur weiterzugehen, dann würden wir schon ankommen

So war es auch

Der Schreibtisch am Fenster, makellos und aufgeräumt, wie er war, machte mir Angst

Ich traute mich nicht, etwas dort abzustellen

Selbst ein Stift wirkte fehl am Platze

Natürlich sagte ich Meinemmann nichts von dieser Angst, es hätte ihn enttäuscht, wenn ich sein großzügiges Geschenk auf diese Weise zurückgewiesen hätte,

er glaubte ja an mich

Auf diesen Tisch passte kein Computer, mein altes Notebook war im Haus zurückgeblieben, wir hatten es so vereinbart, damit ich für mich sein könnte, statt mich ständig um die ganze Welt zu kümmern

Das hast du lange genug getan, sagte Meinmann, und es tat mir gut, das aus seinem Mund zu hören

Also notiere ich gelegentlich einige Zeilen auf Zettel und Blätter, ich lege sie ihm vor und erzähle ihm, wie ich am Schreibtisch gesessen und den Schwalben zugesehen habe, die man aus der siebten Etage gut beobachten kann, wie sie durch die Luft schießen, ohne jemals zusammenzustoßen, und dann, sage ich ihm, sei mir ein Einfall gekommen

Den ich gleich aufgegriffen hätte

Meinmann lächelt ohne Triumph, mein Tagwerk bereitet ihm aufrichtige Freude, und an seinem Stolz, mir diese Arbeit ermöglicht zu haben, wärme ich mich fast jeden Abend

So kamen bisher, obwohl ich langsam schreibe, schon einige Seiten zusammen

Er ist so stolz auf mein Werk, dass er mich unseren Freunden gegenüber lobt und manchmal auch einige Verse zitiert, die aus seinem Mund seltsam klingen

Er liest die Pausen nicht mit

Die Freunde lauschen beklommen, sie sind nicht gekommen, um eine Dichterlesung zu hören, sondern um Wein zu trinken und mit Meinemmann zu debattieren

Meinmann liebt die Debatte, er versteht es, jedes Wort feinsinnig zu drehen und zu wenden, aber er kann auch laut werden

Wenn die anderen ihn dann verstört ansehen und verstummen, genießt er die Stille und hält aus dem Stegreif eine kleine, wohlformulierte Rede (für alle lehrreich)

Das war auch früher schon so

Ich wusste, dass ich mich beteiligen musste

Auf gar keinen Fall wollte ich schweigend an der Seite Meinesmannes sitzen und ihm lauschen, das wäre auch ihm nicht recht gewesen

Wir haben oft darüber gesprochen, dass er sich eine

kluge, wortgewandte Frau wünsche, die ihre Meinung sagte, wann immer ihr danach war

Genau das war ich ja immer gewesen

Schließlich hatte ich ein Leben, bevor ich Meinenmann traf:

gelernt und studiert

gute Noten verdient und viel Lob bekommen (ich war nicht auf den Kopf gefallen, ein helles Köpfchen, ja, eigentlich war mein Kopf sogar das Beste an mir)

H, der Mann vor Meinemmann, liebte meinen Kopf so sehr, dass er ihn beständig streichelte und an sich drückte, manchmal so heftig, dass ich keine Luft bekam

Seitdem ich hier oben in der siebten Etage an meinem Tisch sitze, denke ich oft an H, mit dem ich über die Wiesen ging und in der Bibliothek Bücher tauschte

Wir lasen oft nacheinander dasselbe, schrieben mit fein gespitzten Bleistiften, obwohl das strengstens verboten war, Anmerkungen an den Rand, die der andere dann fand, und wir lächelten uns über den Tisch und die aufgetürmten Bücher hinweg zu

Ich habe schon überlegt, ob ich H einen Brief schreiben könnte, aber ich weiß nicht, wie ich ihn ihm zukommen lassen würde

Vielleicht sollte ich doch mein Notebook hierher bringen lassen, dann wäre ich mit allen in Kontakt

Aber dann wäre schnell wieder alles beim Alten

Das wäre gegen die Abmachung

Die einzige Möglichkeit: Meinenmann bitten, die Post zum Briefkasten zu tragen, aber er würde sie vermutlich unterwegs aufreißen und lesen

Ich weiß nicht, warum ich das schreibe, ich vertraue Meinemmann natürlich und habe keinen Grund anzunehmen, er könnte mich ausspionieren

Dennoch möchte ich ihn nicht fragen

Es wäre ein Fehler

Ich habe ein feines Gespür für Fehltritte jeglicher Art entwickelt

Manchmal, wenn Meinmann über mich hinwegsieht und am Fenster lehnt, den Blick in die Ferne gerichtet (als lohne es sich nicht, mir ins Gesicht zu sehen), forsche ich in seinem Gesicht

Oft finde ich den Fehler selbst heraus, sodass ich mich entschuldigen kann

Aber manchmal, wenn ich einfach nicht darauf komme und das Schweigen zu lange dauert, muss ich die alte Frage stellen

Gar nichts hast du falsch gemacht, beruhigt mich Meinmann, warum denkst du das immer

Was ist daran falsch, hier oben über den Dächern der Stadt zu sein, den Schwalben zuzusehen, wie sie ihre kühnen Bögen fliegen, und endlich das Buch zu schreiben, das du schon so lange zu Papier bringen wolltest

Ich weiß nicht, ob ich ein Buch schreibe, sage ich ihm, und vielleicht ist das der Fehler

Gleich bringt Meinmann mir den Tee, von dem er weiß, dass er eine besänftigende Wirkung auf mich hat, und wartet, bis ich aufhöre zu schluchzen

Ich lasse mich schnell beruhigen

Das Schluchzen hängt mit der alten Frage zusammen

Sobald ich sie stelle, fange ich an zu weinen, es lässt sich nicht ändern

Ich breche sehr leicht in Tränen aus, worauf ich nicht stolz bin

Das war schon früher so, auch H konnte davon ein Lied singen

Er hatte eine Art, mir mit der Zungenspitze die Tränen aus dem Gesicht zu tupfen, die mich so rührte, dass ich gleich noch mehr weinte

Meinmann kennt mich besser und wartet einfach ab, manchmal klopft er mir auf die Schulter, als müsse ich husten

Ähnlich wie Husten ist das Weinen ein Reiz, dem ich nichts entgegensetzen kann

Was gibt es denn zu weinen, sagt Meinmann, schau dort draußen, wie der Abend über die Stadt fällt

Ich hebe den Blick, und das sanfte graue Licht beruhigt mich, so wie die ruhige tiefe Stimme Meinesmannes

Das Weinen vergeht, ich fahre mir durch die Haare und putze mir die Nase, bis ich wieder geordnet bin und den Stift zur Hand nehmen kann

Gut, dass ich nichts anderes habe, sonst würde ich stöbern und Dinge lesen, ich würde immer weiter suchen und mich aufregen, und es könnten Wünsche entstehen, die niemand befriedigen kann, Meinmann nicht und ich selbst schon gar nicht

Aber ich kann nicht immer nur am Schreibtisch sitzen und Verse schreiben

Mir schmerzen die Handgelenke, die Oberschenkel werden breit und kraftlos

Überhaupt scheine ich, je länger ich hier oben arbeite, desto mehr an Umfang zuzunehmen, als würde sich alles, was ich dort draußen verpasse und nicht vermisse, in meinen Zellen anlagern, an meine Hüften kleben, meine Beine und Arme aufpumpen

Es gibt ja genug Platz in der Wohnung, ich kann aufstehen und herumgehen

Manchmal übe ich den Kopfstand, den ich früher so gut beherrscht habe

Ich kauere mich auf den Teppich, stemme die Arme in den Boden, spanne den Bauch an und laufe mit den Fußspitzen auf mein Gesicht zu,

bis der Punkt kommt, an dem ich mit der Kraft meiner Mitte die Beine nach oben ziehen und den Körper gerade halten muss

Aber ich kann den Punkt nicht mehr finden,
meine Füße trippeln auf der Stelle,
das Blut steigt mir in den Kopf,
und die Bauchmuskeln zittern ins Leere

Es ist eine Frage der Übung, ich muss es nur oft genug machen, so war es auch früher

Irgendwann ist der Körper bereit, sich umgestülpt in die Höhe zu strecken

Ich übe nur, wenn Meinmann nicht in der Wohnung ist

Sobald ich ihn an der Tür höre, sinke ich zurück und liege still in der Haltung des Kindes, in der er mich findet, sorgfältig aufhebt und auf die Füße stellt

2.

Wann Meinmann mich besucht, ist schlecht vorherzusehen

Eine Zeit lang kam er eher vormittags und regelmäßig am frühen Abend

Er erwartet nicht, dass ich ihn mit einem Essen oder einem Getränk empfange (schließlich kann ich nur kochen, was er mir in den Kühlschrank stellt)

Früher hat Meinmann gern für uns beide gekocht, aber das geschieht nur noch selten

Die gemeinsamen Abende, an denen ich das Gemüse in kleine Würfel schnitt und Meinmann das Fleisch drehte und wendete: freudige Zeiten, wir tranken Sekt und prosteten uns zu

Dass diese Zeit nun zu Ende gegangen ist, kann nur bedeuten: dass ich dieser Form der Geselligkeit nicht mehr wert bin

Da Meinmann trotzdem nicht ausgemergelt wirkt, wird er mutmaßlich seine Mahlzeiten woanders einnehmen (vielleicht auch mit anderen)

Ich stelle mir vor, wie er unsere Freunde in einer anderen Wohnung, die ich nicht kenne, oder im alten Haus großzügig bewirtet, wie es seine Art ist

Wenn sie nach mir fragen, wird er ihnen antworten,

dass ich mich eine Weile zurückgezogen habe, um ungestört arbeiten zu können

Da er, so wie ich ihn kenne, leuchtet vor Stolz, während er von mir erzählt, werden sie ihm jedes Wort glauben (es ist ja auch nichts daran gelogen)

Vielleicht kocht er längst auch für eine andere Frau, legt ihr feine Häppchen auf den Teller

Dazu eine gratinierte Birne mit Preiselbeeren, so wie er es für mich oft getan hat

Ich weiß nun einmal, dass Meinmann nicht gern alleine isst

Er füllt ihr das Glas mit schwerem Rotwein, sie stoßen an, erst lachend, dann in verliebten Ernst versinkend, die Blicke verschränken sich, und was sich nach dem Essen, gleich nach dem Essen daraus entwickelt, kann ich mir vorstellen

Ich stelle es mir vor

Aber ich darf mich nicht in diese Ideen hineinsteigern

Das kommt davon, dass ich nun endlich allein bin und mir solche Gedanken überhaupt gestatte

Natürlich erzähle ich Meinemmann nichts davon, es würde ihn kränken

So wie es ihn auch kränken würde zu erfahren, wie oft ich hier oben an H denke, den ich so lange vergessen hatte,

wie sehr ich es vermisse, umarmt zu werden und Wange an Wange in der Gegend herumzustehen, so wie die Verliebten es tun

In die Arme geschlossen werden

Wangen aneinanderschmiegen

(was ich früher sehr genossen habe, ich hielt so still wie

ein eingefrorenes Kaninchen, damit der Moment nicht verging)

Im Bett haben wir immer Vergnügen aneinander gehabt

Es kann auch in diesen Zeiten dazu kommen, dass wir, wenn wir eine Weile Bemerkungen gewechselt, den Kühlschrank eingeräumt und Neuigkeiten ausgetauscht haben, durch eine Berührung unserer Finger auf der Tischplatte oder unserer Schultern im Türrahmen auf einmal gierig ins Schlafzimmer drängen, wo Meinmann mir ein geräumiges Doppelbett aufgebaut hat, das dann den Zweck erfüllt, den er ihm vermutlich zugedacht hat

Mach die Glasscheibe hoch, flüstert er mir dann zu, während er mich auszieht, eine Formulierung, die ich nicht verstehe

In der Wohnung gibt es keine Glasscheiben

Nur die Fenster natürlich

Die man aber nicht hochschieben und nur auf Kipp öffnen kann

Auch als Metapher funktioniert sein Getuschel meiner Meinung nach nicht, weil zwischen uns keine Wand aus Glas existiert, sondern der Beschluss, mir eine längere Auszeit zu verschaffen

Wenn wir anders entschieden hätten, könnten wir nach wie vor jeden Abend nach dem gemeinsamen Braten, Risotto oder Gratin ins Bett sinken

Wenn ich allzu sehr darüber nachdenke, kann ich die Berührungen Meinesmannes im Bett nicht ertragen

Also stelle ich mir einfach vor, irgendeine Art von Scheibe zwischen uns zu zertreten, bis die Scherben spritzen und uns die Gesichter aufschneiden

Diese Vorstellung gefällt mir so, dass ich mich unter seinen Händen aufbäume, so wie es ihm gefällt

Also vergnügen wir uns beide auf eigene Weise

Wenn er sich hinterher (nachdem wir eine Weile Hand in Hand nebeneinander ausgeruht haben) dann aufrappelt, seine Kleider auf dem Boden und unter den Decken zusammensucht und nachlässig überstreift, wird mir kurz weh (ums Herz)

Allein und wach in einem durchwühlten Bett zu sitzen, ein Handtuch auf die feuchten Flecken zu legen, sich so weit zu ordnen, dass der Abend gut zu Ende gehen kann: ein Kunststück, das ich noch nicht gut beherrsche

Aber ich werde ihn nicht fragen, ob er über Nacht bleiben möchte

Denn dann müssten wir am nächsten Morgen gemeinsam aufstehen

Alles wäre wie früher

An manchen Abenden blitzen seine Augen schon, wenn er durch die Tür kommt

Er führt etwas im Schilde, das sehe ich ihm sofort an (weil ich sein Gesicht kenne, so wie er meins)

Und selbst, wenn ich bockig zur Seite schaue und mich seinem Blick verweigere, kann ich aus den Augenwinkeln sofort einschätzen, was er vorhat

Er will (so sagt er) meinen Geist geschmeidig halten

Auch ich möchte das

Deswegen setze ich mich ihm gegenüber, genauso, wie er es vorschlägt,

warte ab, wie er das Spiel eröffnet

Er stellt eine Behauptung in den Raum, verschränkt

die Arme über dem immer noch festen und straffen Bauch und mustert mich

Sofort gerate ich in helle Aufregung

Die Partie ist eröffnet, Meinmann ist ein geübter Spieler

Manchmal behauptet er, es gebe keinen Gott

Oder man könne mit der Sprache nicht viel anfangen, weil sie sich nie über das Allbekannte hinwegsetzen könne

Oder in der Philosophie sei seit Nietzsche nicht mehr viel passiert

Steilvorlagen, immer nah genug an meinen Interessen, um mich zu packen, und weit weg genug, um sich niemals beantworten zu lassen

Ich könnte streiken, etwas trinken oder aus dem Fenster schauen

Aber ich bin es gewöhnt, auf Fragen zu antworten und Gespräche in Gang zu halten (letztendlich ist jede Debatte eine Abwechslung, auch wenn ich schon verloren habe, bevor wir überhaupt anfangen)

Wir üben

Training

Also formuliere ich einen ersten Einwand oder eine andere Sichtweise, die Meinmann elegant entkräftet und mit Zahlen und Fakten aushebelt (die ich sofort wieder vergesse)

Er ist schneller, ich brauche immer eine Weile, um die passenden Worte zu finden

Während ich noch errötend nach den stärksten Argumenten suche und merke, wie mir am Bauch und an den Schlüsselbeinen heiß wird (so wie damals in der Schule), läuft Meinmann zu voller Form auf

Er will mich nicht bloßstellen (das weiß ich)

Es macht ihm Freude, schnell und hart zu streiten, und woher er all seine Gedanken nimmt, weiß ich nicht

Mit wem übt er, wer hat ihn geschult?

Ich jedenfalls bin seine Schülerin, und es bleibt mir (wie in jeder anderen Schule auch) nichts anderes übrig, als die Stunden zu absolvieren und so viel daraus zu lernen, wie es in meiner Macht steht

Es gibt auch die Tage, an denen er gar nicht kommt

Wenn der Vormittag schon halb vorüber ist und die Sonne langsam über die weißen Wände wandert, wird es immer unwahrscheinlicher, dass er noch den Weg zu mir findet

Irgendwann springe ich vom Schreibtisch auf, wo ich bis dahin aufrecht gesessen habe, mit gezücktem Stift und einer Tasse Kaffee, damit er mich dort antrifft, wo er mich gerne sehen möchte,

und werfe mich (sachte enttäuscht und heftig erleichtert) auf das Bett

Nun wird er nicht mehr kommen, und ich kann schlafen

Oder mich unter der aufgeplusterten Daunendecke zusammenkauern wie eine Katze

Kann Dehnungsübungen machen oder auch einfach nur aus dem Fenster schauen

Mich fragen, wie draußen wohl die Luft riecht (nach Regen vielleicht oder nach Staub und Lindenblüten) oder ob ich mir diese Düfte eingebildet habe, als ich damals dort unten herumgelaufen bin wie all die anderen mit ihren Regenschirmen und Einkaufstaschen

Einfach weil es sich so gehört, dass es im Juni nach

Lindenblüten duftet und im November nach feuchten Blättern

Ich habe schon alle Jahreszeiten von hier aus gesehen

Von oben sehe ich, wie die Straßenkehrer im November mit großen Rechen die Blätter zusammenharken und die feuchten Klumpen mit Schaufeln auf ihre Lastwagen schleudern

Im Winter fahren sie langsam und dicht an der Bordsteinkante mit einem Streuwagen die Straße ab, ein Schauer kleiner Steine sprüht über die Gehwege (fast meine ich, das Prasseln zu hören)

Im Frühjahr gibt es nicht so viel zu sehen, die Straßenbäume stehen lange Zeit kahl bei den Parkbuchten

Neben jedem Baum ist ein Fahrradbügel in den Boden eingelassen, an den die Einkäufer und die Studentinnen ihre Räder ketten, als hätte man den Bäumen Gesellschaft verschaffen wollen

Die Lindenblüten im Sommer kann ich auf die Entfernung nicht erkennen

Aber ich sehe die eifrigen Tanzpaare, die sich auf dem rissigen Parkplatz vor der Hochschule unermüdlich in immer anderen Mustern und Linien anordnen, jeden Abend im Juli üben sie ihre Tänze, sicher wird dazu Musik erklingen, aber ich kann keine Anlage erkennen und keinen Lautsprecher und auch nicht, wer führt und wer geführt wird

Überhaupt sehe ich von hier oben vieles nicht (und anderes dafür besser)

Den Menschen schaue ich auf die Köpfe, was nicht reicht, um sie zu erkennen

Einmal verfolgte ich einen rötlichen Haarschopf, der

aussah wie Ds wilde Mähne, ich geriet in Aufregung und stellte mich dicht an die Scheibe, um sie nicht aus dem Blick zu verlieren

Ich wünschte mir mit aller Macht, sie würde den Blick heben und mich hier oben entdecken, und hob sogar unwillkürlich eine Hand

Dumm von mir, denn selbst wenn sie hochschaute, könnte sie mich sicherlich nicht hinter der Scheibe erkennen (vielleicht war sie es auch gar nicht)

D war in der Hochschule meine beste Freundin

Damals trug sie ihre wilden Haare hochgetürmt und hatte sich die Seiten über den Ohren ausrasieren lassen

In jedem Seminar meldete sie sich mindestens einmal zu Wort

Das sei ihre Spielregel, erklärte sie mir, und dass man mitreden müsse, und dass man zu allem etwas sagen könne, wenn man nur scharf nachdenke

Ich war nicht ihrer Meinung

In den Seminaren saß ich still in einer der hinteren Reihen, schrieb mit und dachte mir meinen Teil

Ich begriff nicht, wieso D sich mit mir abgab

Vielleicht konnte sie bei mir ausruhen

Ich hörte ihr zu und hatte keine Einwände

In den Arbeiten schrieb ich oft bessere Noten als sie, weil sie immer vergaß, die Quellen anzugeben, wenn sie nachts rauchte und ihre Texte schrieb, sie gefiel sich in einer Art Theaterstück, das niemals endete

Wir lernten manchmal zusammen, aber ich konnte mich schlecht konzentrieren, weil sie sich ständig durch die Haare fuhr, mir etwas vorlas, das sie gerade geschrieben hatte, oder leise in sich hineinlachte, bis ich nachfragte

Wenn sie ging, um noch woanders Bier zu trinken und herumzufuchteln, setzte ich mich sofort an meinen Schreibtisch und lernte alles noch einmal, auch um mich von meiner Sehnsucht abzulenken

Ich vermisste sie schon, wenn ich die Tür hinter ihr schloss, und erst recht, wenn ich ihre Schritte auf der Treppe nach unten hörte und dann die schwere Haustür

Als ich in einer wichtigen Klausur brillant abschnitt und D durchfiel, starrte sie mich an, als klebe etwas Schmieriges oder Stinkendes an mir

Ich wollte mich nicht dafür entschuldigen

Ich spürte sogar, wie mein Herz schneller schlug (vielleicht vor Stolz oder triumphierend, wofür ich mich sofort schämte), während D langsam die Klausur in ihre Tasche schob und wortlos davonging

Dennoch lief ich hinter ihr her, zupfte an ihrer Jacke und bot ihr an, vor der nächsten Klausur gemeinsam zu lernen

Das taten wir, tranken Kamillentee zur Beruhigung, und ihr Blick ruhte wieder freundlich und ein wenig spöttisch auf mir

So wie ich es gewohnt war

D mochte ihren früheren Namen nicht und hatte sich einen anderen ausgesucht, der besser zu ihr passte, sie bediente sich am Leben, wo sie konnte, und entschuldigte sich für nichts

Stattdessen bat ich um Verzeihung, wenn sie auf den Treppen zum Hörsaal gegen mich stieß oder in der Mensa ihr Besteck fallen ließ

Ich rief sie oft bei ihrem Namen, weil ich wusste, dass sie das beglückte, und manchmal stellte ich mir vor, sie nähme mich mit zum Tanzen in einen Club

Sie spränge mit einem Satz auf die Tanzfläche so wie immer, ich schüchtern an der Wand

Dann zöge ich meine Jacke aus, käme einfach zu ihr, wir tanzten miteinander, lachten und schwitzten, während die anderen uns zuschauten

Dieser Traum entließ mich unruhig und unausgeruht in die frühen Morgenstunden

Ich träumte ihn auch noch, als ich D schon längst nicht mehr sah und Meinmann mit mir tanzen ging, so oft ich wollte

Es würde D ähnlichsehen, an einem Sommerabend hinüberzugehen zum alten Parkplatz und sich dort unter die Tanzenden zu mischen, ihre bunten weiten Hosen im Sommer luftig und im Winter verwelkt

Fürs Tanzen waren sie zu jeder Jahreszeit großartig, es sah so aus, als wüchsen D Schwingen an den Waden

Deswegen stehe ich an den Sommerabenden, wenn Meinmann nicht mehr kommen wird, dicht an der Fensterfront und halte Ausschau nach den glühenden Mustern ihrer Hosen

Du hältst dich mit der Vergangenheit auf, würde Meinmann sagen, weißt du denn überhaupt, ob sie noch in der Stadt lebt?

Ob sie noch solche Hosen trägt und schrille Farben liebt?

Geschmäcker ändern sich, und die Mode sowieso

D war die Mode egal, würde ich trotzig murmeln,

und beinahe hätte ich noch gesagt, dass er sich ja auch mit der Vergangenheit aufhielt, indem er mich hier oben aufbewahrte

Aber ich war klug genug, es nicht auszusprechen

Dass ich noch in dieser Stadt lebe, weiß niemand

Vielleicht steht gelegentlich jemand am Fenster und schaut hinaus auf einen Platz oder eine Bank, auf der ich früher saß und die Seiten in meinem Buch umwendete, und fragt sich, wo ich wohl geblieben bin und was aus mir geworden ist

Das wüsste ich auch gern

Neulich habe ich mir von Meinemmann ein Tier gewünscht

Etwas Weiches, Freundliches, ein Kaninchen vielleicht

Oder eine Wohnungskatze

Einen Hund wage ich nicht zu wünschen, denn ich könnte ihn nicht ausführen

Ein Hund läge neben mir, wenn ich am Schreibtisch sitze (Kirschholz) und den Stift zwischen den Fingern drehe

Er könnte sich an mein Knie drücken, wenn ich am Fenster lehne, und wenn ich mich zwischendurch langweilte, könnte ich ihm Tricks beibringen und ihm Gegenstände werfen, die er mir zurückbrächte

Meinmann müsste diese Gegenstände kaufen (es gibt nichts Überflüssiges in der Wohnung, das ich werfen könnte)

Daran würde es nicht scheitern

Er besorgt mir immer anstandslos alles, was ich auf die Wochenliste schreibe

Aber ein Kaninchen wird Meinmann mir nicht bringen, weil er viel Wert darauf legt, dass ich eine reife Frau sei

Darauf weist er vor allem hin, wenn ich ihm freudig entgegenlaufe, einfach weil ich so lange niemanden außer mir selbst gesehen habe

Ich bin dann so vertrocknet, meine Stimme brüchig und ungeübt, meine Hände rissig

Meinmann hebt abwehrend die Hände, schiebt mich von sich und führt mich zu einem Stuhl, damit ich mich aufrecht hinsetze und ihn mit geradem Rücken und gehobenem Kinn anschaue

Das tut er aus Respekt vor mir

Wir üben diese Haltung, weil ich verlernt habe, mich aufrecht zu halten

Ohne Zuschauer gibt es keinen Grund dafür

Ich werfe mich auf das Sofa oder rolle am Boden, so wie es eben meinen Körper verlangt

Aber er möchte, dass wir uns gegenübersitzen und uns gepflegt austauschen können, und dazu passen weder das Stürmen noch Rollen, Wälzen oder Lümmeln jeglicher Art

Ich möchte ja auf mich achtgeben

Nur vergesse ich zunehmend, wie ich vorgehen kann

Sicherlich wäre es nicht ratsam, ein Kaninchen anzuschaffen

Ich würde auf dem Boden liegen und ihm zuschauen, würde ihm mit beiden Händen durch das Fell fahren

Sicherlich müsste ich achtgeben, nicht versehentlich darauf zu treten

Das passiert leicht mit diesen verhuschten Tieren, die gewöhnt sind auszuweichen und zu flüchten

Sie wären lieber unsichtbar, also übersieht man sie und tritt ihnen auf die Wirbelsäule

Jedenfalls bringt Meinmann mir schöne Produkte für meine Erscheinung

Er legt sie in meine Hände, und ich drehe die Packungen und Fläschchen zwischen den Fingern und bedanke mich

Den Verdacht, ich solle mich für ihn schön machen, weise ich von mir

So wie ich legt Meinmann keinen Wert auf Schminke

Schon damals, als wir uns verliebten, hatte ich keinen Hauch Farbe im Gesicht, und genau das gefiel ihm (sagt er)

Ich wusste einfach nicht, wie es geht, meine Mutter verachtete Kosmetik

Andere Frauen, die sich die Wimpern tuschten, die Haare föhnten und die Lippen anmalten, betrachtete sie mit einem genauen, verächtlichen Blick (auf jede Unregelmäßigkeit, jede Rouge-Schliere, jede zerfranste Lippenkontur)

Perfektion war nicht das, was sie anstrebte

Aber mit der Wahl ihrer Kleidung, ihrer Schuhe, mit der Sorgfalt ihrer Nagelpflege und den feinen Seidenstrumpfhosen (ohne die sie niemals ihr Schlafzimmer verließ) sorgte sie dafür, dass man ihr die Türen aufhielt und Getränke brachte, ihr Feuer gab und sie zu ihrem Platz geleitete

Wie es sich für eine Dame gebührte

Ich durfte sie umarmen, aber nicht zu lange

Nichts an ihr war feucht oder zerfranst

Mein liebstes Spiel mit ihr: der Knopfdienst

Sie nähte Knöpfe, die meinem Vater vom Kragen geplatzt oder ihr aus der Bluse geleiert waren, mit konzentrierter Sorgfalt an, ihre kleine goldene Brille dicht vor den Augen, um genau die Einstichstellen sehen zu können, in die sie die Nadel immer wieder stieß

Aber manchmal waren die Knöpfe rissig oder ausgeblichen

Dann durfte ich den Knopfkasten holen, darin einen passenden, schimmernden Ersatz suchen und ihn ihr feierlich überreichen

Sie begutachtete ihn, nahm ihn auf die Nadelspitze und nickte mir lächelnd zu

Nähen habe ich also gelernt, aber nicht, mich elegant zu kleiden

Meinmann bringt mir Dinge, die zu mir passen, duftende Öle, gute Seifen, Creme für meine Füße und für die rauen Stellen an den Ellbogen und Knien, nichts Aufreizendes

Vielleicht möchte er, dass ich weich und geschmeidig bleibe

Das ist auch mein Wunsch, denn ich spüre in mir einen harten, knotigen Strang, der mich von oben bis unten durchläuft, wie eine zweite Wirbelsäule oder Speiseröhre

Noch zeigt er sich äußerlich nicht

Aber manchmal fürchte ich, dass er sich an der ein oder anderen Stelle bald unter der Haut abzeichnen wird

Auch spüre ich einen Schmutzfilm auf der Haut, den ich mir einbilden muss, denn da die Fenster ständig geschlossen gehalten werden, kann kein Staub in die Wohnung eindringen

Im Frühjahr erspare ich mir so den Heuschnupfen

Nie finde ich unter dem Bett Staubkräusel, höchstens vereinzelt einige Haare (meine eigenen und die, die Meinemmann ausgehen, wenn ich ihm in den Liebesnächten an den Schopf gehe)

Dass ich Haare verliere, missfällt Meinemmann

Dabei bemühe ich mich, soweit seine Einkäufe es zulassen, um eine ausgewogene Kost

Auch fährt er mir manchmal mit dem Finger über die Haut am Oberarm oder die Stirn, mit einigem Druck, als wolle er etwas entfernen

Wenn er dann gegangen ist, kontrolliere ich sofort im Spiegel, was er gemeint haben könnte

Schon früher wollte er mir oft etwas vom Ärmel oder aus dem Mundwinkel, von der Stirn oder zwischen den Augenbrauen wegwischen oder abtupfen, nur ließ es sich anscheinend so leicht nicht beseitigen

3.

Inzwischen frage ich mich nicht mehr so oft, was ich falsch gemacht habe

Nicht immer lassen sich Ursache und Wirkung bestimmen

Wenn ich den Blick Meinesmannes auf mir spüre (in den Augenblicken, in denen er mich nicht beruhigt, tröstet oder unterhält), sehe ich diese feine Spur des Ekels in seinen Augen

Einen gut verborgenen Widerwillen, der mich sofort daran erinnert, dass diese Zimmer, fernab der anderen, die passende Bleibe für mich sind

Und dass ich die Zeit nutzen muss, um mich zu verändern,

zu reinigen und

zu schälen

Nicht um ihm zu gefallen, sondern um mich so durchsichtig zu polieren, dass nichts mehr im Verborgenen liegt

Dann werde ich mit großer Klarheit wissen, wer ich bin und was ich zu tun habe

Manchmal, wenn ich am Fenster stehe, träume ich davon, das Glas zu durchstoßen

Ein großer Schritt, kurz sacke ich in die Tiefe

Dann die Flügel aufspannen, die sich auf einmal hinter mir entfalten, feucht und faltig noch

Wenn der Wind hineinfährt, straffen sie sich und tragen mich, ich gewinne an Höhe und steige, der Druck auf den Ohren lässt nach, mein Blick wird frei, und von oben ist diese Stadt ein winziges buntes Muster von Zufälligkeiten

Meinmann (irgendwo dort unten) schaut kurz hoch, ein Schatten bin ich im blassen Licht, das ihm in die Augen fällt, und er kann mich nicht erkennen, und nichts ist falsch

Sobald wir zusammen waren, machte ich Fehler

Ich unterbrach ihn zum Beispiel, wenn er zu lange redete

Gern übernahm er nämlich das Gespräch in größerer Runde, räusperte sich, machte einige Scherze, die niemand verstand, sodass die Unterhaltung zum Stillstand kam und er mit seinen Ausführungen beginnen konnte

Meinmann hat zu jedem Thema etwas zu sagen, er ist belesen, politisch gebildet, musikalisch neugierig, menschlich feinfühlig, sportlich, kundig in Theologie, Ökologie, Geschichte und Finanzwesen, kann kochen und versteht etwas von Tieren, Architektur und Druckkunst, auch hat er die Welt bereist, Gärten angelegt, Boote gebaut und spricht mehrere Sprachen

Dass die Zuhörer erste Zeichen von Ungeduld und Ermüdung zeigten, störte ihn nicht

Man müsse, fand er, die Menschen fordern und der Schnelllebigkeit der Zeit mit ausführlicher bedächtiger Lebensweise begegnen

Ich tänzelte nervös an seiner Seite, beobachtete die Abweichler, diejenigen, die sich wegdrehten oder unruhig wurden

Einige lachten auch zustimmend, wenn er sich in Fahrt redete, reichten ihm Weingläser, nickten und warfen gelegentlich Bemerkungen ein, die ihn noch mehr anfeuerten

Ja, die Theater als öffentliche Häuser müssten sich auch gesellschaftlich neu verorten

Ja, man könne eben nicht mehr das traditionelle Drei-Sparten-Haus anbieten, wenn man die Bürger einer Stadt beteiligen wolle, und die Geschichte des Theaters zeige ja, dass es immer schon ein politischer Ort gewesen sei

Er warf mir einen Blick zu, denn er wusste, dass auch ich darüber nachgedacht hatte, ich hatte sogar früher einige Stücke geschrieben, ich kenne das Theater (ich habe mit den Schauspielern in der Kantine gehockt, habe Notizen für die Dramaturgin gemacht und den Probenplan kopiert)

Meinmann ging selten ins Theater, wenn, dann mit mir

Immer freute er sich, wenn ich ihm vorab das Stück erzählte, es zeitlich einordnete und die wichtigsten Figuren beschrieb

Stolz schaute er mich an, während ich auf dem Küchentisch die Szenen nachstellte, mit dem Salzstreuer und dem liegen gebliebenen Radiergummi

Du kommst auf Ideen

Du verstehst eben, worum es geht

Ich kam auf die tollsten Ideen, wenn ich Stücke las,

Ideen für Räume, für Musik, ich konnte mir alles vorstellen und regte mich auf, wenn es auf der Bühne anders aussah als in meinem Kopf

Wenn wir nach der Vorführung in der Bar mit den Freunden noch einen Aperol tranken, forderte Meinmann mich auf, den anderen davon zu erzählen

In solchen Momenten, wenn alle mich mit erhobenen Gläsern anschauten, bereit, alles zu glauben und allem zu applaudieren, fing ich an, mich zu entschuldigen

Es tue mir leid, aber ich habe ja nicht die ganze Bühne überblicken können, weil wir hinten links saßen

So von hinten links habe es ausgesehen, als ob es dem Stück an Ernst fehle

Sofort schaute Meinmann begeistert in die Runde und hakte nach

Ja, genau, das sehe er auch so, ein Klamauk sei das gewesen, wo denn der Ernst bleibe, ob Ernsthaftigkeit keinen Platz mehr fände in unserer Zeit

So meinte ich das nicht, versuchte ich noch, denn Klamauk war es nicht gewesen, oder nur zum Teil, man müsse vorsichtig sein

Und ja, genau, fiel Meinmann ein, zu einem großen Teil war es Klamauk, in unserer Gesellschaft ist jeder nur noch auf sein Vergnügen aus

Und schon stimmten alle ein und sprachen über die Spaßgesellschaft, Meinmann immer ein wenig lauter als die anderen

Ich hielt mir das kühle Glas an die Wange

Verlockend, den Blick der anderen zu suchen (wir würden uns verbünden in freundlicher Ungeduld, ich habe das schon getan)

Meinmann spürte aber sofort, dass ihm die Aufmerksamkeit entglitt

Was gibt es da zu tuscheln?

Die Freunde lachten

Wir hatten nicht getuschelt, wir waren Freunde, und es gab viel zu sagen

Meinmann scherzte über die Abtrünnigen und fuhr fort, nur gelegentlich unterbrochen von unbeirrbaren Störern, zu denen ich nicht gehörte

Hinterher, wenn wir frierend an der Haltestelle warteten, legte er mir seinen Schal um und verzurrte ihn ein wenig zu fest

Er zog mich an den Zipfeln nahe zu sich und flüsterte mir ins Ohr, das passiert nicht noch einmal, dass du mir in den Rücken fällst, bevor er mich kräftig umarmte

Sein Körper: immer warm, eine wohltemperierte Geborgenheit verströmend, sodass ich aufhörte zu frösteln

Umarmungen: das Beste, das wir hatten

Wenn Meinmann mich in den Armen hielt, war er größer als ich, und ich spürte seinen kräftigen Brustkorb, seine Rippen und seinen warmen Hals, in den ich mein Gesicht drückte

Wenn wir uns gegenübersaßen, hatte er oft diese erwartungsfrohe Art, mich anzuschauen, die mich beklommen machte, aber in seinen Armen gab es nur den einfachen Druck der Berührung

Als D Meinenmann kennenlernte, legte er gleich zu Anfang des Abends den Arm um mich und ließ mich nicht mehr los

Ich war so erleichtert, ihn getroffen zu haben, dass ich mich schließlich dazu durchrang, ihm D vorzustellen

D würde ihn, das wusste ich, unterbrechen und ihm widersprechen, sie würde ihn misstrauisch anstarren und selbst zu laut lachen, ich wäre von zwei lauten Menschen umgeben

So kam es auch, D stürzte viel zu spät und mit nassem Haar aus dem Regen in die Bar, die Meinmann ausgewählt hatte (altmodische Theke, Rum, Messing)

D winkte uns zu und wrang ihr Haar aus, ohne uns zu begrüßen, dann klopfte sie auf den Marmortisch und scherzte über Marmor, Stein und Eisen

Meinmann, der sie mit Warmherzigkeit und Kenntnis hatte überrumpeln wollen und nun keinen Einstieg fand, lächelte unbeholfen und legte umständlich den Arm um meine Schultern, und ich suchte nach einer passenden und zugleich harmlosen Eröffnung

D redete gleich weiter über ihre Lektüre: die Frage, ob Bäume miteinander kommunizieren

Nun konnte Meinmann einsteigen, er hatte dazu mehrere einschlägige Bücher gelesen, die er kurz zusammenfasste, mit einer Hand gestikulierend, während die andere immer noch fest meine Schulter umspannte und D ihn ständig unterbrach, indem sie laut dazwischenrief

Die Leute an den anderen Tischen verstummten und lauschten der Debatte

Mir war heiß, ich drehte den Kopf hin und her und versuchte, eine Lücke im Gespräch aufzutun, aber es gab keine

Mir blieb nur, nervös neben den beiden auszuharren

und D zwischendurch zuzulächeln (um sie zu besänftigen)

Ich wusste, dass sie mich hinterher tadeln würde, weil ich mich nicht eingemischt hatte, und ich würde ihr nicht klarmachen können, dass ich mich nicht für Bäume interessierte

Du bist ja wohl klug genug, um dich für alles zu interessieren, riefe sie, und es geht ja nur darum, seinen Standpunkt zu markieren

Ich bin doch kein Straßenköter, würde ich antworten, ich höre lieber zu, statt herumzuschreien und an Laternen zu pinkeln

Ach, und warum hast du dir dann einen ausgesucht, der genau das die ganze Zeit tut?

Du tust es doch auch, würde ich entgegnen

Wenn das so ist, warum sind wir dann befreundet?

Ich bin ja auch mit Meinemmann befreundet, obwohl er an Laternen pinkelt, würde ich sagen, aber inzwischen wäre es schon ganz gleichgültig, und genauso kam es auch, wir schrien uns an, ich wollte Meinenmann nicht verteidigen und tat es doch, schließlich stand D auf und warf sich so heftig ihre Jacke über, dass ein Ärmel mir ins Gesicht schlug, und während ich mir noch das tränende Auge wischte, verschwand sie in den Straßen unserer Stadt, in denen sich jeder nach einer Zeit wiedersieht

Aber ich traf sie nicht mehr

Und was hast du denn so geschrieben, fragt Meinmann, während er auf der Arbeitsplatte mit dem scharfen Messer, das er mir geschenkt hat, Porree und Zucchini in winzige präzise Würfel hackt

Eine Minestrone wird uns guttun

Ich übe mich nach einigen schweigsamen Tagen in Geselligkeit

Schaue ihm zu beim Schneiden, bei dem ihm niemand helfen darf

Regelmäßig und blitzartig lässt er das Messer über den gewölbten Leib der Zucchini fahren, so schnell, dass die Scheiben erst noch eine Weile wie im Schreck zusammenkleben, bevor sie auseinanderfallen

Dann gehe ich hinüber zum Schreibtisch und hole die Geschichte, die ich neulich begonnen habe

Verse und Geschichten

Die Verse behalte ich für mich, die Geschichten zeige ich ihm

Viele sorgfältig beschriebene Bögen, die ich zu einem säuberlichen Stapel aufschichte

Meinmann nickt lachend

Aber er kann jetzt nicht darin lesen, weil seine Hände feucht sind und im heißen Öl schon die Zwiebeln und Porreewürfel springen

Ich blättere darin und überlege, ob ich sie ihm überhaupt zeigen soll, es wird ihn stolz machen, dass ich etwas zustande gebracht habe, aber vielleicht wird es ihm nicht gefallen

Vermute ich

Damals spielten alle Kinder auf der Straße und kamen erst nach Hause, wenn die Luft rau wurde und ein nussiger Geruch in den Abend stieg. Die Eltern machten sich keine Sorgen, wenn sie nicht wussten, wo ihre Kinder steckten, und abends liefen in den Reihenhäusern der Vorortsiedlungen die Badewannen voll, während die Mütter den Abendbrottisch deckten, den Aufschnitt auf Platten mit Radieschen und gefächerten Gürkchen schmückten und den Vätern, die von der Arbeit heimkehrten, die Aktentaschen abnahmen. Die Väter zogen die Krawatten aus und fuhren den Kindern über die Hinterköpfe, und die Mütter schnitten die Milchtüten auf und schoben sie in hellblaue Plastikhalter, aus denen sie quollen wie aufgedunsene Meerestiere.

Damals fiel es nicht so auf. Viele Kinder vergessen, sich die Zähne zu putzen, oder wischen sich die verklebten Hände an der Jeans ab; manche haben Knie, in die sich der Dreck von all den Stürzen als lehmige Kruste eingelassen hat. Andere schneiden sich nur die Fußnägel, wenn die Eltern sie dazu zwingen, und rollen aus dem schwarzen Belag zwischen den Zehen längliche Späne, die an Radiergummireste erinnern. In der Badewanne sitzen sie nur ohne Haarewaschen und wenn sie mit Booten und knisternden Schaumbergen abgelenkt werden, und kaum ein Kind hat gelernt, Toilettenpapier sorgfältig zu verwenden, sodass die braunen Spuren in der Unterwäsche niemanden überraschen.

Das schmutzige Kind spielte selten draußen und nie im Schlamm. Es trieb keinen Sport und kletterte niemals auf Bäume. Nach der Schule vertrieb es sich die Zeit damit, in seinem Zimmer Sprachen zu lernen, Sätze aus Büchern abzu-

schreiben, die ihm gefielen, und Miniaturhäuser für Modelleisenbahnen zusammenzukleben. Es konnte auch Schach. Damit machte es sich die Hände nicht schmutzig, und den Klebstoff vom Häuserbasteln schälte es sich sorgfältig von den Fingerkuppen. Schnell lernte es so gut zu schreiben, dass es die Tinte nicht auf dem Blatt verwischte, während der Bruder, dem alles zu lange dauerte, ungeduldig über das Blatt krakelte und jeden Mittag mit königsblauen Fingern nach Hause kam, die er im Bad abschrubben musste. Hinterher ging die Mutter mit einem Lappen über das hellblau gesprenkelte Porzellan. Sie musste ihm auch ständig die Sporthosen waschen, und seine Socken rochen scharf und ranzig, während das schmutzige Kind nie zu schwitzen schien, im Gegenteil dufteten seine getragenen Blusen nach Heu. Aber niemand nannte den Bruder schmutzig, der Dreck gehörte so selbstverständlich zu ihm, dass er nicht auffiel, und daran änderte ein wenig Dreck vom Fußballplatz auch nichts, den konnte man abwaschen.

Bei ihr war es anders. Ständig griff die Mutter ihr ins Haar, um kleine Klumpen und klebrige Stellen zu entfernen, oder hinters Ohr, um zu prüfen, ob sie sich gewaschen hatte. Als sie älter wurde, musste sie der Mutter versprechen, jeden Tag die Unterhose zu wechseln.

Jeden Tag, verstehst du. Du willst doch nicht mit einer dreckigen Unterhose gefunden werden.

Wieso gefunden?

Wenn du einen Unfall hättest. Damit muss man jederzeit rechnen.

Dem Kind wurden jeden Tag saubere Kleider auf den Badewannenrand gelegt, die Mutter gab ihm eine Packung Taschentücher mit in die Schule, und einmal im Jahr wurde im Fotoladen ein Bild geschossen, vorher zum Friseur, der den Pony millimeterscharf begradigte. Auf diesen Bildern, die die Mutter den Verwandten schickte, aber auch eines für das Kind aufbewahrte, in einer blau lackierten flachen Kiste, sieht man das Kind in einer Pose, die der Fotograf arrangierte, die Hand geziert unter das Kinn geschoben, der Blick direkt in die Kamera gerichtet.

So sauber die Haut, dass sie fast leuchtet, das Weiße in den Augen so rein wie Schnee, die Haare akkurat geschnitten, die Bluse frisch aus dem Zellophan geschält.

Andere Kinder mussten sich weniger anstrengen. Sie hatte Freundinnen, die sich gerne in ihren Zimmern zurechtmachten, sie gingen vor dem verspiegelten Kleiderschrank auf und ab, probierten die hohen Schuhe der Mütter aus und glätteten ihre Haare mit einem nach verschmortem Gummi stinkenden elektrischen Stab. Sie fand schon damals, dass Schönheit wenig mit Sauberkeit zu tun hatte, im Gegenteil kamen ihr die Freundinnen seltsam verunreinigt vor, wenn sie sich mit Parfüm betupften und die Haare im Ansatz aufbürsteten, dass sie sich aufbauschten wie erhitztes Spargelkraut. Aber die Mütter sahen es anders, sie lachten und kicherten, wenn die Mädchen die Zimmertür öffneten und sich den kaffeetrinkenden Erwachsenen präsentierten, es gab auch Pfiffe und Schnalzen, während das schmutzige Kind im Hintergrund die neuen Kollektionen bereithielt und gelegentlich einen Föhn einschalten durfte, um den Mädchen Wind zwischen die Haare zu blasen. Einmal winkte die Mutter sie während einer solchen Vorführung zu sich, befeuchtete eine Stoffserviette mit Spucke und begann, damit an ihren Mundwinkeln herumzureiben, als hätte sie sich wie ein Kleinkind beschmiert, während sich vorne die Mädchen geziert hin und her drehten. Sie wollte sich aus dem Griff der Mutter winden, aber dann hätte sie bei der Modenschau mitspielen müssen, und beides war gleich unangenehm, also hielt sie einfach still und ließ sich reinigen.

Aber dann ist sie groß genug, um auf sich selbst achtzugeben. An einem Morgen steht sie früh auf, faltet die Bettdecke ordentlich und legt die Kleider von gestern zurück in den Schrank, als wolle sie verreisen und das Zimmer sauber hinterlassen. Sie stellt das Fenster auf Kipp, draußen ist der Morgen noch grau. Die Amseln sitzen auf den Dachkanten, und ihre klaren Stimmen überschneiden sich in der Dämmerung. Die anderen schlafen noch, und sie geht leise über den Flur ins Bad, das sie ganz für sich hat. Sie dreht am Waschbecken beide Hähne auf und lässt das Becken vollllaufen. Das Wasser rauscht wie ein kleiner Wasserfall auf das Porzellan. Sie sieht in dem festen Strahl jeden einzelnen Tropfen. Tausende von Tropfen, wie sie sich zusammenfügen zu einer schmalen Säule aus Wasser und gleich wieder auseinanderspritzen. Ihr Blick ist scharf wie ein Mikroskop und sieht alles, die Tropfen, wie sie sich blitzend verteilen im Becken und auf dem Porzellan zittern, bis sie sich auflösen und ineinanderrinnen. Sie sieht auch ihre eigenen Arme, auf den Rand des Waschbeckens gestützt, die Härchen, die sich bei der kühlen Berührung aufgestellt haben, die winzigen Pusteln, die die Gänsehaut hervortreibt, sogar die Schuppen und winzigen Risse auf den Handrücken, in die sich der Schmutz eingelagert hat. Langsam tunkt sie beide Ellbogen ins Wasser, dann die Hände. Um die Oberarme auch zu befeuchten, muss sie sich vorbeugen. Sie stützt sich mit beiden Armen ab und neigt ihr Gesicht bis zur Wasseroberfläche, dann taucht sie es kurz ein. Während sie sich die Arme mit einem Frotteelappen abschrubbt, läuft ihr das lauwarme Wasser über das Gesicht, als würde jemand sie streicheln. Die Haut an den Armen rötet sich und wird heiß, sie lässt kurz kaltes Wasser darüberrinnen, und dass das

Becken nun überläuft, stört sie nicht, sie greift wieder zum Lappen und reibt kräftig über die Haare, die Schuppen und Schmutzpartikel, die so tief eingedrungen sind, dass man sie nicht einfach so abspülen kann, ein zweiter Waschgang ist nötig, und auch ein dritter, nun ist sie schon so weit vorgedrungen, dass sie nicht aufhören kann zu reiben, sie schäumt immer wieder Seife in die aufgeraute Haut, während das Wasser nun schon in Pfützen auf dem Boden steht, sie muss gleich den Hahn abdrehen und einen Aufnehmer holen, aber erst wird sie ihre Aufgabe erledigen, denn so sauber war sie noch nie, und erst als sie ablässt, sieht sie, dass im Wasser rote Schlieren treiben, sie hat sich blutig gescheuert, und nichts ist sauberer als frisches Blut.

Ich lege dir den Text hin, sage ich zu Meinemmann, hier auf die Fensterbank, später kannst du ja darin lesen

Oder du liest mir vor, sagt er kauend, das mag ich doch so

Er hat nun die Karotten unterm Messer und bietet mir ein feines Stäbchen an, das süß schmeckt, und mir fällt ein, wie ich als Kind die Karotten rundherum abgenagt und ihre Mitte freigelegt habe, den schmalen süßlichen Karottenstamm

Ich nehme mir eine der gewaschenen Karotten aus dem Spülbecken und beginne, vorsichtig an ihr zu knabbern

Die ist noch nicht geputzt, sagt Meinmann, nimm doch von diesen hier

Ich weiche ihm aus und setze mich außerhalb seiner Reichweite auf die Fensterbank (neben den Papierstoß) und kaue die äußere Schicht der Karotte ab, konzentriere mich darauf, den süßen Stamm freizulegen, bis Meinmann das Gemüse fertig gewürfelt hat

Er redet währenddessen weiter, erklärt mir, in welcher Reihenfolge er das Gemüse in den Topf gibt und warum man ohne scharfe Messer nicht kochen kann

Ich weiß längst alles über Kochwerkzeug

Über japanische und deutsche Klingen

Griffmaterial

Schnitthaltigkeit und Schliff

Ich weiß, dass die härtesten Klingen leichter ausbrechen

Als ich noch in unserem Haus wohnte, hat Meinmann lange überlegt, ob er sich ein japanisches Messer zulegen sollte

Um es zu klären, trug er mir die Argumente vor, ich musste dagegenhalten

Ich hatte mich im Internet kurz eingelesen, aber viel Zeit hatte er mir nicht gegeben, ich war also bei Weitem nicht so gut informiert wie Meinmann, der über längere Zeit hinweg Fachpublikationen gesichtet und sich in Chatforen ausgetauscht hatte, aber das war ja gerade der Sinn der Sache

Er entwickelte seine Argumente rasch und schlüssig und wehrte meine Einwürfe so gekonnt ab, dass er sich hinterher seiner Sache sicher war

Aber du wusstest doch im Voraus, dass ich verlieren würde, also wusstest du auch, dass du dich für ein japanisches Messer entscheiden wirst

Aber nun ist die Entscheidung durch das Feuer des Argumentes erhärtet, sagte er zufrieden

Du hast mir sehr geholfen, ich hoffe, du stimmst mir zu

Wenn Meinmann zufrieden ist, kräuselt sich seine Stirn, seine Augen blitzen amüsiert (er reibt sich auch gern die Hände, ein trockenes Geräusch, als streiche Sandpapier über einen glatten Stein)

Früher habe ich mich an diesem Anblick erfreut, aber nachdem wir auch die Entscheidung, mich in die Wohnung auszuquartieren, auf diese Weise durchgespielt und zu seiner Zufriedenheit vorangetrieben hatten, tat ich mich eine Weile schwer

Schwerer als erwartet

Falsch wäre gewesen:

die Wohnung bockig zu betreten

eine Szene zu machen

in Tränen auszubrechen

mich Meinemmann an den Arm zu hängen

die Entscheidung anzuzweifeln, die wir gemeinsam getroffen hatten

Die Entscheidung nicht zu fällen, wäre ebenfalls falsch gewesen

Ich passte nicht mehr in das Haus, es war die falsche Umgebung, wir gingen aneinander vorbei wie unzufriedene Makler, und ich wusste nicht, was ich tun konnte, damit es wieder so wurde wie früher

Falsch wäre auch gewesen:

Meinenmann zu verlassen, nur weil ich ihm nicht genügte, ich hatte ihm ja genügt, alles hatte gepasst, jede Umarmung war ein Schmelztiegel gewesen, in dem wir beide uns auflösten

Dass D daran nicht glaubte, änderte es nicht

Auch H, den wir einmal trafen, als wir Arm in Arm durch die Stadt gingen, so eng, dass andere Passanten einen Bogen um uns machten, anstatt uns auseinanderzudrängen, blieb stehen und starrte uns entgegen, als hätte ich den größten Fehler meines Lebens begangen

Er achtete gar nicht auf Meinenmann, nur auf mich

Sein Blick bohrte sich so tief und heftig in meinen, dass ich nicht mehr wegschauen konnte und direkt auf ihn zuschlingerte

Meinmann hielt sich an meiner Seite, und ich war kurz davor, H etwas zuzurufen, etwas Unverschämtes oder Höfliches, je nachdem

Aber dazu kam es nicht, denn er wich zur Seite aus, ich konnte aber noch den Abscheu in seinem Blick sehen, dabei wusste er nichts von mir, hatte Meinenmann noch nie gesehen, allein dass ich in der Umarmung eines anderen ging, war schon falsch genug

So leicht ist es, Fehler zu machen

Ein Kinderspiel

4.

So bin ich nun hier oben, wo ich, solange ich allein bin:
ein wenig schreibe
gelegentlich eine Scheibe Brot herunterschneide
Ich kann auch schlafen, tanzen oder auf dem Boden liegen
Das war lange Zeit anders
Wir waren außer uns, erschöpft und ratlos,
und brauchten eine Entscheidung, und Meinmann hat sie herbeigeführt
Ohne meine Zustimmung hätten wir es aber nicht tun können, also musste ich zustimmen
So komme ich wenigstens zum Schreiben

Die zweite Geschichte

In seinem Gästezimmer wohnt seit einiger Zeit die kleine schmutzige Frau. So klein ist sie gar nicht, im Grunde sogar etwas größer als Georg, der schmal und um die Schultern bereits etwas eingesunken vom vielen Handschriftenlesen ist. Auch der Schmutz ist eher nicht der Erwähnung wert, etwas getrockneter Schlamm am Schuh, die Haare vielleicht am Ansatz ein wenig fettig, und die Fingernägel haben dunkle Ränder. Ansonsten ist sie, dafür dass sie schmutzig ist, erstaunlich besorgt um ihre Reinlichkeit, wäscht sich oft die Hände oder reibt sie mit einem scharf riechenden Mittel aus einer kleinen weißen Plastikflasche ein, die sie immer bei sich trägt. Nachdem sie in der letzten Zeit beinahe jede Nacht bei ihm verbrachte, hat er ihr vorgeschlagen, das Gästezimmer zu beziehen. So können sie sich sehen, wann immer Georgs Arbeit es zulässt; immer wenn ihm der Nacken steif wird und die Augen verschwimmen vom vielen Lesen, oder auch wenn ihm die Finger erlahmen oder die Füße kalt werden, kann er einfach aufstehen und an die Tür des Gästezimmers klopfen. Zwar hat die kleine schmutzige Frau sich angewöhnt, von innen abzuschließen, obwohl er sie mehrfach gebeten hat, das Zimmer stets zugänglich zu halten. Aber wenn er einige Male klopft, öffnet sie irgendwann doch. Nachts hat es sich bewährt, den Schlüssel an sich zu nehmen, sonst kann er nicht, wenn er über den Büchern einsam wird und nur sein Spiegelbild ihm im Schein der Schreibtischlampe zunickt, rasch zu ihr rüber und unter ihre Decke schlüpfen. Eigentlich ist es ja streng genommen auch seine Decke, er hat sie sogar selbst genäht, eine Steppdecke mit Daunenfüllung. Bevor die Handschriften seine Lebensaufgabe wurden, hat er solche Dinge oft gemacht, hat Handschuhe aus Leder genäht und Decken, Strümpfe stricken kann er auch, und einmal hat er sogar ein Cembalo aus Sperrholz ausgesägt und zusammengeleimt. Es klang jämmerlich, sah aber elegant aus auf seinen schmalen gedrechselten Füßchen. Die Decke hat er selbst nie benutzt, weil sie so warm war, dass er darunter einen roten Kopf bekam, und weil die Daunen sich an einzelnen Stellen zusammenklumpten, an anderen Stellen dafür nur der Bezug herumflappte.

Mit solchen Unregelmäßigkeiten hätte er sich bei seiner Arbeit niemals zufriedengegeben. Die Decke liegt zusammenge-

ballt in einer Truhe, nur für Besuch holt er sie hervor, erzählt die Geschichte der Gans, deren Daunen er als Füllung verwendet hat, und der Nähmaschine, die seine Mutter ihm nicht vererben wollte, aber keine andere Lösung fand, weil sie keine Tochter geboren hatte. Der kleinen schmutzigen Frau hat er diese Geschichten auch erzählt, und sie hat geduldig zugehört, eine seltene Eigenschaft, die den Gast umso willkommener macht. Er kennt sie von der Uni, dort sprach man von ihr, dass sie klug sei und sehr belesen, dass sie vielleicht sogar selbst Gedichte schriebe, dass niemand wisse, warum sie so klein sei. Sie schrieb sehr gute Noten, beherrschte einige Sprachen und spielte die Geige so wundervoll, sagten einige, dass man sich wunderte, warum sie nicht Musikerin geworden sei. Jedenfalls hatte sie oft einen Geigenkoffer dabei, niemand konnte sich erinnern, sie spielen gehört zu haben. Dass sie schmutzig war, fiel ihm erst auf, als sie an seiner Wohnungstür stand, dann aber sehr deutlich. Er sagte es auch zu ihr, natürlich nicht direkt als Allererstes, sondern nachdem sie sich etwas miteinander bekannt gemacht hatten. Es war besser, es rasch hinter sich zu bringen. Also räusperte er sich und sagte, sie sei schmutzig, das sehe er gleich, es habe keinen Sinn, das abzustreiten, aber er freue sich, dass sie da sei. Das sage er einmal und dann nicht wieder. Sie widersprach nicht, als er ihr mit dem Finger über die schmutzigen Stellen fuhr, die überall waren, er strich ihr über den Scheitel, am Hals entlang, dann fuhr er mit der einen Hand über den Rücken, mit der anderen über die Brüste, ging in die Knie, um ihren Bauch zu berühren, dann die Beine bis zu den Füßen, ja bis an die Zehen. Also, sie dürfe bleiben, Platz genug sei ja da, und darauf tranken sie ein Glas Wein, auch ihre Zähne waren schmutzig, die sie beim Lächeln zeigte, und erst recht die Finger, mit denen sie ihm die Lippen verschloss, damit er endlich still war und sie ins Bett gehen konnten, unter die klumpige Daunendecke, wo sie sich ineinander verbissen, bis sie einschliefen.

Mitten in der Nacht wachte er auf, drehte sich aus der Umklammerung und wusch sich im Badezimmer leise, um dann sauber und satt in sein eigenes Bett zu gehen, wo er auf jeden Fall am Morgen allein aufwachen musste, um mit klarem Kopf gleich mit dem ersten Glas Tee an sein Lebenswerk gehen zu können.

Er hat sie nicht eingeladen, es hat sich einfach ergeben. Beim Frühstück, wenn sie am späten Vormittag Brote schmiert, erzählt er ihr von der Arbeit. Sie hat einiges dazu zu sagen, sie kennt mittelalterliche Literatur, es gibt viele Verbindungen. Dann lesen sie die Tageszeitung, auch hier kennt sie sich aus, kommentiert den Stand der Dinge, und wenn er sie unterbricht, so wie es seine Art ist, wartet sie geduldig, bis sie wieder an der Reihe ist. Gute Gesellschaft, lobt er sie, du bist gute Gesellschaft, und im kühlen Morgenlicht kommt sie ihm um einiges weniger dreckig vor. Trotzdem wäscht er sich sorgfältig die Hände, nachdem sie sich vor der Spülmaschine geküsst haben, und bittet sie, den Tisch abzuräumen und die Butter in den Kühlschrank zu stellen.

Das hätte ich sowieso gemacht, sagt sie ganz ohne Spott. Angenehm an ihr ist eben diese Ernsthaftigkeit, sie spöttelt nicht und ziert sich auch nicht, dabei ist sie weder unterwürfig noch dumpf, und für diese gelungene Mischung nimmt er gern in Kauf, dass ihr Schmutz auch unter der Dusche nicht entfernt werden kann. Er hat es selbst versucht, zunächst zärtlich, mit einem weichen Schwamm und der Ingwerduschcreme seiner Freundin, dann etwas heftiger mit dem alten rauen Waschlappen, mit dem er sonst das Bad schrubbt; schließlich holte er die

Zahnbürste und rieb an ihr, bis ihre Haut entzündet glühte. Sie wehrte sich nicht, aber am Ende wimmerte sie leise, und er brach den Versuch ab.

Seiner Freundin hat er bisher die kleine schmutzige Frau verschwiegen. Er weiß nicht recht, wie er es ansprechen soll. Solange sie im Gästezimmer wohnt, und das ist nun schon eine ganze Weile, sie hat sogar schon ihre Kleider in den Schrank gehängt, was die Vorläufigkeit ihres Besuches beendete, kann Georgs Freundin ihn nicht besuchen. Sie hat bisher noch nicht nachgefragt, und er achtet darauf, sie an ihren gemeinsamen Abenden zu beschenken und zu umsorgen. Es gibt ja auch nicht viel zu erzählen, Geheimnisse sollten durchaus erlaubt sein, findet Georg, und er nimmt seiner Freundin ja nichts weg, indem er der kleinen schmutzigen Frau vorübergehend Obdach gewährt. Vielleicht hat ja auch sie einen kleinen schmutzigen Mann zu Hause, von dem er nichts weiß, oder einen sauberen, es ist ihm egal; er merkt aber, wie er sich auf seinen Besuch freut, wenn er die Freundin vor dem Restaurant oder mit einem langen Kuss in ihrem Hauseingang verabschiedet, sie weiß ja, dass er es eilig hat, und er weiß, dass er gleich die schmutzige Frau im Arm halten wird, jedenfalls wird er es versuchen, wenn sie die Zimmertür nicht abgeschlossen hat, aber falls sie hinter der verschlossenen Tür hockt, oder schlimmer noch, was auch schon vorgekommen ist, das Haus verlassen hat, dann fehlt sie ihm ungeheuerlich. Er läuft herum, öffnet den Kühlschrank, staubt den Computerbildschirm ab oder schüttelt die Fußmatte aus, um sich abzulenken, aber die Ungeduld wächst, und er schlägt in regelmäßigen Abständen gegen die Tür, hinter der er sie vermutet, und kann die Arbeit, die sonst abends oft sehr rasch vorangeht, glatt vergessen. Wenn sie dann endlich aufschließt oder in der Wohnungstür steht, kommt sie ihm wieder kleiner vor als vorher, sie passt genau in seine Arme, sodass sein Kinn auf ihrem Scheitel ruht, und im Bett bedeckt er sie, sodass sie völlig unter ihm verschwindet.

Was machst du denn, wenn du so herumstreunst, fragt er manchmal, du kannst es mir schon erzählen. Ich erzähle dir ja auch von meiner Arbeit.

Sie schaut ihn an, mit ihren stillen grünen Augen, die ihm als Erstes an ihr aufgefallen sind. Er kennt niemanden sonst mit moosgrünen Augen, das Grün ist waldig und feucht, während das Weiße einen Stich ins Gelbliche hat, aber ihre Pupillen sind vielleicht das Einzige an ihr, das ihm ganz rein erscheint.

Wenn sie nicht antwortet, wird er wütend. Er will ja nur wissen, wo sie sich herumtreibt, weiter nichts; schließlich ist er kein Hotel, und wenn sie bei ihm wohnen will, möchte er auch Anteil haben an ihrem Leben.

Ich möchte, dass du mir sagst, wo du steckst, fordert er, aber sie schaut ihn nur schräg an mit ihren Waldaugen, und wenn sie weiter so schweigt, wird er sie vor die Tür setzen. Er hat sie ja nicht eingeladen, und außerdem hat er auch andere Verpflichtungen, für die sie sich gar nicht zu interessieren scheint. Wenn seine Freundin ihn wieder besuchen möchte, wird er sie wohl kaum abwimmeln können. Mit all diesen Sorgen ist er nun allein, und sie kommt und geht, als hätte sie Urlaub und sei ihm nichts schuldig.

Ich erwarte Besuch, sagt er ihr, du kannst dich ein wenig nützlich machen, und er drückt ihr ein Staubtuch in die Hand und ein Reinigungsmittel, mit dem sie durch das Bad gehen soll, denn schließlich benutzt sie es auch, und etwas Hilfe kann er schon von ihr erwarten. Sofort bindet sie sich ein Küchenhandtuch um die Hüfte und verschwindet mit dem Reiniger im Bad, wo sie Dinge hin und her schiebt, etwas fällt scheppernd auf die

Fliesen, hoffentlich macht sie nichts kaputt. Nach einer halben Stunde ist sie schon fertig, blinzelt ihm zu, anders als seine Freundin, die sich immer beschwert, wenn er sie zur Hilfe im Haushalt auffordert. Fast tut es ihm leid, dass er ihr mit Besuch droht, wo sie alles so schnell erledigt hat, und er streicht ihr das lockige Haar aus der Stirn. Sie dehnt sich unter seiner Hand wie eine Katze und presst sich von unten gegen seine Finger, und als abends die Freundin klingelt, spürt er noch immer diesen Druck in der Handfläche und begrüßt die Freundin nur mit einem flüchtigen Kuss.

Gleich beschwert sie sich.

Ich möchte, dass du mich richtig küsst, ruft sie, so lange haben wir uns nicht mehr gesehen, und wem gehören eigentlich diese alten Schuhe? Er schaut nachdenklich auf das Schuhregal und überlegt, wie er vorgehen soll. Er kann von seinem sonderbaren Besuch erzählen, damit es aus der Welt ist; oder er verliert kein Wort darüber und hofft, dass es nicht zur Sprache kommt. Mit schräggelegtem Kopf wartet die Freundin auf eine Antwort.

Die sind doch gar nicht so alt, sagt er und legt der Freundin einen Arm um die Schulter, man denkt es nur. Er führt sie an der Tür des Gästezimmers vorbei, die fest geschlossen ist, und holt den Auflauf aus dem Ofen, den er ihr bereitet hat. Sie essen viel, während er ihr von den Handschriften erzählt, die er gerade durcharbeitet, Zeile für Zeile. Anders als sein Besuch hört die Freundin nicht zu, sie isst rasch, als hätte sie lange nichts mehr bekommen, und zieht ihn dann ins Schlafzimmer, schade, denn er hat noch gar nicht fertig erzählt. Sie hat es so eilig, dass er sich gar nicht in Ruhe ausziehen kann, gleich zerrt sie ihn zu sich und rollt sich über ihn, so beschäftigt ist sie, dass sie gar nicht merkt, dass plötzlich im Türrahmen die kleine schmutzige Frau auftaucht und ihnen nachdenklich eine Weile zusieht. Er traut sich nicht, etwas zu sagen, ein paarmal macht er heftige Kopfbewegungen, um sie zu verjagen, aber sie schüttelt kaum merklich den Kopf und wendet den Blick nicht von der schwitzenden Freundin, die sein Kopfrütteln als Ermutigung nimmt und sich noch wilder aufbäumt. Er schließt die Augen, und als es vorüber ist und er wieder hochschaut, ist auch die schmutzige Frau verschwunden, und er kann seiner Freundin erleichtert über den nassen Rücken streicheln und ihr mittelalterliche Verszeilen ins Ohr flüstern, die sie zum Lachen bringen.

Als er sie hinterher zur Rede stellen will, was sie sich dabei gedacht hat, findet er ihre Tür verschlossen. Er legt das Ohr an die Tür und hört ein Wimmern, es könnte ein Weinen, aber auch eine Art Gesang sein, vielleicht sogar Gelächter, hör mal, ruft er gegen die Tür, wir sollten uns schon mal verständigen, welches Spiel hier gespielt wird.

Immer, wenn er nun länger die Wohnung verlässt, fürchtet er, sie könnte auf und davon gegangen sein. Er beschließt, ihr einige Versprechungen zu machen, die er irgendwann auch erfüllen wird: Er wird sich besser um sie kümmern, er wird den Badputz übernehmen, und von der Freundin wird er sich vielleicht trennen, wenn es nicht anders geht. Er wird auch versuchen, jünger zu werden, damit sie besser zueinander passen.

Als die Freundin überraschend klingelt, weil sie sowieso gerade in der Nähe war, öffnet die kleine schmutzige Frau die Tür. Sie stehen sich gegenüber und starren sich an.

Wer bist du, um Himmels willen, fragt die Freundin.

Ich weiß, wer du bist, sagt im gleichen Moment die schmutzige Frau.

Hast du, ich meine, was ist mit dir passiert, dass du so dreckig bist, fragt die Freundin, obwohl es sie eigentlich nichts angeht und nicht das ist, was sie wissen möchte.

Willst du reinkommen, fragt die Schmutzige.

Wo ist denn, ich meine, ist Georg nicht zu Hause?

Nein, sagt sie und hält der Freundin die Tür auf.

Ich wollte ihn überraschen, sagt die Freundin, während sie sorgfältig ihre Schuhe abtritt, ich meine, du weißt ja, wie die Jungs so sind, das gefällt ihnen.

Ich kenne nicht sehr viele, sagt die Schmutzige, aber ihm gefalle ich schon, das hat er selbst gesagt.

Wie bitte? Die Freundin bleibt stehen und starrt die Schmutzige an. Wie meinst du das?

Es macht ihm nichts, wie ich aussehe.

Während sich die Freundin ihre Jacke auszieht, lässt sie die Schmutzige keine Sekunde aus dem Blick.

Aha, macht sie, na, es ist ja auch deine Sache, ich meine, bist du zu Besuch?

Ohne auf eine Antwort zu warten, geht sie langsam und misstrauisch durch den Flur in die Küche. Alles sieht aus wie immer, ein Basilikum welkt auf dem Fensterbrett, und überall liegen seine Bücher.

Verrückt, murmelt die Freundin und fährt mit den Fingern über einen Bücherstapel. Und woher kennst du ihn?

Das kann ich jetzt nicht erzählen, sagt die Schmutzige. Möchtest du einen Tee? Sie greift ins obere Regal, wo Georg die Teebeutel und die Kaffeebohnen aufbewahrt. Ihr vertrauter Handgriff lässt die Freundin erstarren. Auf einmal wird ihr klar, dass diese kleine schmutzige Frau, die in der Wohnung herumstreicht wie ein Straßenköter, sich hier auskennt, vermutlich weiß sie nicht nur, wo Georg den Tee aufbewahrt, wer weiß, wie lange sie überhaupt schon hier ist und was sie vorhat, sie sieht beim näheren Hinsehen auch verschlagen aus, jedenfalls weicht sie den Blicken aus, viel fehlt nicht und sie würde sich ducken, ver-

mutlich, weil sie guten Grund dazu hat. Man kann gar nicht sagen, wie alt sie ist, ihre wirren Haare hängen ihr in die Stirn, mit diesen grünen Augen schaut sie schräg und misstrauisch, wieso hat sie sich hier eingenistet? Solche Leute fädeln sich in anderleuts Leben ein, und bevor du es gemerkt hast, sitzen sie mittendrin und setzen Fett an, diese Frau muss umgehend aus Georgs Wohnung verschwinden, dafür wird sie sorgen, und ihren Tee kann sie allein trinken. Die Freundin dreht sich auf dem Absatz um, das hat sie immer schon einmal tun wollen, es fällt ihr leicht, und ohne ein weiteres Wort lässt sie diese kleine Made zurück in ihrer Küche, und wenn sie das nächste Mal kommt, wird sie verschwunden sein, dafür wird sie sorgen.

Als Georg spät aus der Bibliothek nach Hause kommt, findet er die kleine schmutzige Frau zusammengesunken am Küchentisch. Zwei saubere Teetassen stehen unberührt zwischen den Büchern. Er fasst sie unterm Kinn, so niedergeschlagen, ruft er, was ist denn mit dir.

Sie war da, murmelt die Schmutzige, sie verachtet mich.

Aber nein, ruft Georg, wie könnte dich jemand verachten! Du bist mein Gast, niemand darf dich schlechtmachen. Sie ist eben sehr empfindlich, weißt du. Wir müssen einfach dafür sorgen, dass du ihr beim nächsten Mal nicht unter die Augen kommst, verstehst du. Solange sie dich nicht sieht, ist ihr alles recht. Und jetzt komm erst einmal unter die Dusche, wir machen dich frisch, und dann gleich ins Bett.

Am nächsten Morgen klingelt ständig das Telefon, während sie frühstücken.

Sie ist nicht sauberer als ich, sagt die Schmutzige plötzlich trotzig. Ich habe sie doch gesehen.

Georg beruhigt sie, also, so kannst du das nicht sagen, das musst du schon den Außenstehenden überlassen.

Aber du bist nicht außenstehend, beharrt die Schmutzige, heute ist sie sehr bockig. Und sie auch nicht. Ich finde sie genauso schmutzig wie mich.

Jetzt gehst du zu weit, warnt Georg sie, du kannst einiges über sie sagen, das würde ich verstehen in deiner Lage, aber mit ihr darfst du dich nicht vergleichen. Niemals, verstehst du. Ich tue das auch nicht. Sonst könnte ich euch ja gar nicht beide lieben. Das ist nicht leicht, glaube mir.

Lieben? Verwirrt schaut die Schmutzige ihn unter ihren frisch gewaschenen Locken an.

Er ärgert sich gleich, dass das Wort ihm entwischt ist. Er versucht es zu vermeiden, es ist töricht und bedeutet nichts, oder viel zu viel, immer richtet es Schaden an, und man sollte es nicht benutzen. Lieber erneuert er seine Versprechen, zeigt ihr noch die alte Gedichtstrophe, die er gestern entdeckt hat, und packt seine Tasche für einen langen Tag im Archiv.

Du könntest ruhig auch etwas unternehmen, schlägt er ihr vor. Dann kannst du mir heute Abend alles erzählen.

Als die Freundin, die im Immobilienzentrum einer Bank arbeitet, aus dem frisch geputzten Fenster schaut, sieht sie dort draußen, zwischen den Fahrradständern und dem Altglascontainer, eine schmale kleine Gestalt mit wirrem Haar. Schnell senkt sie den Blick und zwingt sich, ihre Finger auf der Tastatur zu beobachten, und als sie etwas später wieder hochschaut, ist die Frau verschwunden, ganz so, wie sie es erwartet hat.

Eigentlich ist es lustig, hier oben zu sitzen und sich um nichts zu kümmern

Gelegentlich wische ich Staub

Oder sauge die Ecken mit dem kleinen wendigen Gerät, das Meinmann mir mitgebracht hat, wenn sich doch an den Fußleisten, um die Stehlampe und unter dem Bett Haare und Staubflocken sammeln

Ich dachte nicht, dass bei geschlossenen Fenstern in einer von einer reinlichen Person bewohnten Wohnung überhaupt Schmutz entsteht

Die bloße Anwesenheit eines Körpers in einem Raum verursacht Dreck

Haut blättert ab

Fetzen lösen sich von den Fersen und vom Nagelbett

Dann all diese Haare, und in der Luft tanzt der Staub, der dennoch eindringt, durch das Schlüsselloch, den Briefkasten, ich weiß es nicht

Wenn Meinmann die Wohnung betritt, bringt er einen Schwall staubiger Luft

In seinen Haaren kleben Pollen

Schauer von Schuppen auf den Schultern, im Mantel all die Partikel, Sporen und Zellen

Rückstände der Stadt

Es wäre an mir, mich zu ekeln

Vielleicht ist das auch der Grund, warum ich immer zuerst zurückweiche, wenn er sich nähert, oder gar nicht erst aufstehe, um ihn zu begrüßen

Jedenfalls sieht die frisch gesaugte Wohnung größer aus, es gibt kein Gerümpel, die Ecken sind frei und die Flächen glatt

Ich bin ein ordentlicher Mensch geworden

Ansonsten gibt es nicht viel zu tun

Kleine Mahlzeiten gehen mir leicht von der Hand, ich schneide ein bisschen Gemüse, in dem großen Edelstahltopf kochen die Nudeln schnell, eine Handvoll geriebenen Käse darübergestreut

Dann setze ich mich mit dem Gesicht zum Fenster an den leeren Esstisch (die Kerzen räume ich immer sofort weg, sobald Meinmann die Tür hinter sich zuzieht) und esse langsam

Weil mein Tag mir gehört, kann ich so langsam oder schnell essen, wie es mir passt

Manchmal schlinge ich alles hinunter, weil ich keine Lust habe zu kauen

Lasse das Besteck in der Schublade und klaube das Essen mit den Fingern aus der Pfanne, stopfe mir den Mund voll und verreibe mir das Fett im Gesicht

Es sieht keiner, ich kann fettverschmiert aus dem Fenster starren, den Mund halb offen, Halbzerkautes unter der Zunge

Aber das bleibt die Ausnahme

Nicht weil ich Sorge habe zu verwahrlosen, sondern weil ich mir alle Möglichkeiten erhalten will

Ich spiele alles durch, das Schlingen, aber auch ein ruhiges Mahl am gedeckten Tisch, ein poliertes Weinglas neben der gefalteten Serviette (Messer und Gabel glänzen neben dem großen Porzellanteller)

Ich habe ein ganzes Service und kann mir jedes Mal einen anderen Teller aussuchen

Ich übe alle Formen des Umgangs

Außer das Essen draußen

Im Gehen: eine fettige, warme Tüte mit Pommes in der Hand, eiliges Naschen, das Salz an den Fingern

Anstehen im Falafelladen, Kochdunst und die Rufe der Verkäufer, wenn wieder eine Portion gerichtet ist

Wurstsalat im Biergarten, unter den früh verwelkten Kastanien, ein später Sommergeruch nach Trockenheit, gestrichenem Holz und verschüttetem Bier, eine Wolke von Gesprächen über den langen orangenen Tischen

Picknick am Fluss, auf der fleckigen Decke, Gläser mit Kartoffelsalat und Baguette, überall Feuerstellen, verbranntes Fleisch und saftiges Fett, und der Blick auf das schwarze Wasser, dessen Strömen man in der Nacht nicht sieht

So wie ich auch jetzt nichts sehe

Vor dem Fenster liegt die Stadt, aber alle Lichter sind ausgelöscht, als hätte jemand eine Verdunklung angeordnet

Oder eine dunkelblaue Folie gegen das Fensterglas geklebt, lückenlos, sodass nichts zu mir durchdringt, kein Autoscheinwerfer, keine Straßenlaterne

Wenn heute Nacht das Atomkraftwerk, das in der Nähe der Stadt vor sich hin bröckelt, zerbersten würde: Ich würde es nicht erfahren

Was daran lustig sein soll, ist mir auf einmal entfallen

Ich schüttele den Kopf und kann nicht mehr damit aufhören

Aber auch dies ist lustig, wenn es niemand sieht, und lächelnd höre ich auf damit und ziehe die schweren Vorhänge vor das Dunkelblau

5.

Ich denke darüber nach, mir einen Liebhaber anzuschaffen

Es gibt einige Gründe dafür, einen solchen Schritt in Erwägung zu ziehen

Der wichtigste (ich gestehe es): meine Langeweile

Nachdem ich gefrühstückt, mit einem Kaffee in der Hand eine Weile am Fenster gestanden, den Teller und die Tasse abgespült, das Bett gemacht, einige Zeilen geschrieben, auf dem Teppich meine Übungen absolviert, gelesen und noch ein wenig geschlafen habe, ist noch nicht einmal der Vormittag vorübergegangen

Ich habe schon überlegt, eine neue Sprache zu erlernen

Oder ein Instrument zu üben

Aber die neuen Wörter allein vor mich hin zu sprechen und die Töne (Klarinette, vielleicht Bratsche) gegen die Wand zu spielen, kommt mir merkwürdig vor

Es hält mich auch niemand davon ab, rasch die sechs Etagen hinabzusteigen, in der Buchhandlung, in der ich früher stundenlang an den Regalen lehnte, einige Lehrbücher zu kaufen, noch schnell einen Espresso in der kleinen Bar mit der Kupferreling zu trinken und wieder hoch über der Stadt zu sitzen, bevor auch nur eine Stunde verstrichen wäre

Zwar hat Meinmann mir kein Geld dagelassen, aber noch bin ich in den alten Läden bekannt genug

Ich könnte mir ein Hebräischlehrbuch oder eine isländische Grammatik anschaffen

Zugleich könnte ich das Gewicht der Einkaufstasche spüren, das Schlenkern der Arme beim Gehen, die weiche, ein wenig klamme Luft

Würde das grelle Bremsen der Straßenbahnen am Stadttheater hören, wie es sich mischt mit den Schritten der Einkäufer und den scheppernden Rädern der Studenten, zu spät zur Vorlesung, so wie ich damals, weil ich nicht aufhören konnte zu lesen, oder weil H mich noch einmal zurück unter die Decke zog

Ich habe immer wieder versucht, ihm bei der Liebe die Decke wegzuziehen, aber ohne Hülle, die uns umschloss, wollte er mich nicht anfassen

Wenn ich bei ihm geblieben wäre, hätten wir es üben müssen, denn ich will lieben, wo und wie mir der Sinn steht, und nicht in jeder Nacht will ich mich in Decken wickeln

Aber auch hier kann ich nicht lieben, wen und wo ich will, sondern warte auf den einzigen Menschen, den ich berühren darf, so habe ich es versprochen, und ich werde reichlich belohnt

Belohnt werde ich mit einer unendlichen, tiefen, schimmernden Langeweile, die mich beruhigt und betäubt, mehr als jede Droge

Lesen ist unvorstellbar geworden, es gehört zu einer anderen Zeit

Ich könnte die Seiten nicht umwenden, meine Augen

würden über die immer gleichen Zeilen irren, ich kann es mir noch nicht einmal mehr wünschen

Sogar meine eigenen Geschichten lese ich nicht mehr

Ich lege sie zur Seite und fasse sie nicht mehr an

Niemand muss sich heutzutage langweilen, sagt Meinmann

Du hast doch gelernt, dich zu beschäftigen, mach doch einfach etwas, das dich erfüllt

Du könntest lesen, das hast du früher ständig getan, du hast niemals damit aufgehört, jetzt wo ich darüber nachdenke

Du hast so viel gelesen, dass du abends vergessen hattest, was du morgens gelesen hast

Du bist mit schwankenden Stapeln aus der Bibliothek gekommen, weißt du nicht mehr, und hattest oft schon ein oder zwei Bücher ausgelesen, bevor du überhaupt zu Hause ankamst

Und du wolltest immer schreiben, also schreib

Nie wieder wirst du solch eine Ruhe finden wie hier und jetzt

Aber es kann auch sein, dass ich in dieser Ruhe versinken werde

Und sie wird über mir zusammenschlagen, bis man nur noch eine glatte Fläche sieht, unter der ich ruhe wie ein toter Fisch unterm Eis

Wer hat dir das denn eingeredet, dass du dreckig wärest, fragt Ludwig, der weiche Fingerkuppen hat, mit denen er ihr immer wieder am Haaransatz entlangfährt, als wolle er überprüfen, ob sich dort Dreck abgelagert hatte.

Nicht dreckig, schmutzig, verbessert sie ihn.

Empörung steigt ihm in die Kehle. Wie kann man dieser zarten Person so etwas unterstellen? Sie hat kühle grüne Augen, die aussehen wie frisch gewaschen, und auch sonst kommt sie ihm nicht weiter auffällig vor, vielleicht etwas ungekämmt, und ihre Schuhe sind nicht für die Stadt gemacht, mit denen ist sie sicher über Wiesen gegangen.

Meine Mutter hat immer gesagt, Dreck scheuert den Magen, sagt er aufmunternd, und dass die jungen Mädchen heutzutage ihre Kleidung schon nach einmaligem Tragen gleich in die Wäsche werfen, er wisse darüber Bescheid, schließlich habe er zwei Töchter großgezogen, jetzt seien sie bei der Mutter, aber damals, als sie damit anfingen, sich die Haare glänzend zu bürsten und Strähnchen zu färben und die Haut zu pudern, da waren sie bei ihm, und er hat sich oft etwas mehr Dreck gewünscht, ich habe noch im Matsch gespielt, ruft er, und es hat mir nicht geschadet.

Die kleine schmutzige Frau hört ihm nachdenklich zu. Das gefällt ihm, und es spornt ihn an zu weiterem Nachdenken über Schmutz und Sauberkeit, Kinder, die auf einem Bauernhof aufwachsen, sind viel gesünder, ruft er. Und weißt du, warum? Weil sie mit Dreck in Berührung kommen, mit Keimen, mit Tieren, mit dem Leben halt. Leben heißt, sich die Hände dreckig zu machen. Und er nimmt ihre Hand, streichelt mit seinen buttrigen Fingerkuppen darüber und fährt über ihren Daumen. Ihre Hände sind kleiner als üblich, so scheint es ihm, wie sie überhaupt eine zarte Erscheinung ist, der wohl übel mitgespielt wurde, jedenfalls hat er sie im Nieselregen ganz verloren vor der Sparkasse gefunden und sie gleich in ein Café eingeladen. Sie hat eine heiße Schokolade bestellt, im Grunde macht sie keinen verstörten Eindruck, aber als er sie nach ihrem Namen gefragt hat, konnte sie ihm keine Antwort geben. Sie will auch nicht sagen, woher sie kommt und was sie so macht, all die üblichen Fragen, die er zur Hand hat, um eine Frau kennenzulernen oder überhaupt jemanden, lässt sie unter den Tisch fallen wie alte Tennisbälle. Aber er kann sich schon denken, dass sie einiges hinter sich hat, dass sie vielleicht ihr Studium geschmissen oder ihre Arbeit verloren hat, das kann ja jedem passieren, und wenn sie etwas besser auf sich achtgäbe, könnte sie schon etwas hermachen, sie hat ein feines Gesicht mit diesem irrlichternden Blick.

Das mit dem Schmutz ist doch Schnee von gestern, schärft er ihr ein, lieber solltest du dir überlegen, wie ich dich nennen soll, glaube mir, mit einem Namen hast du gleich ein besseres Leben.

Wie sehe ich denn aus, sagt sie und lässt ihn raten, fast scheint es ihm, als würde sie sich vergnügen, aber das soll ihm nur recht sein, sie braucht ein wenig Ablenkung und Freude, und er wird ihr einen schönen Namen aussuchen. Eine Weile lang spielen sie so, er schlägt einen Namen vor, Maja oder Kerstin oder Angie, und sie lacht ihn an.

Probier sie doch wenigstens aus, schlägt er vor, damit du merkst, ob sie passen oder nicht.

Sie passen alle nicht, lacht sie, ich weiß es. Dein Name passt auch nicht zu dir, Ludwig.

Er findet sich immer weniger mit ihr zurecht; eben noch wollte er ihr helfen und hat sie von der Straße geholt, und nun versucht sie, ihm seinen Namen auszureden.

Als er sie fragt, ob sie mit zu ihm nach Hause kommt, willigt sie gleich ein. Sie hat kein Gepäck, und auf einen Namen haben sie sich nicht einigen können, also kauft er ihr in einem Supermarkt drei Paar Socken, etwas Unterwäsche und eine Tageszeitung, damit sie abends etwas zu lesen hat, denn er hat keinen Fernseher, weil er sich vor den schlechten Nachrichten fürchtet.

Am Sonntag könnten wir ein Ruderboot mieten, schlägt er ihr vor, während sie in seiner Küche nach Teebeuteln sucht, in seinen Hausschuhen wendig hin und her gleitend auf dem Plastikparkett. Neben der buschigen Pflanze, die auf einem Sockel mitten im Wohnzimmer thront, stehen gerahmte Fotos von langhaarigen Mädchen mit schmollenden Mündern und lackierten Fingernägeln.

Ist das deine Freundin, fragt sie. Geschmeichelt kniet Ludwig sich vor die Fotos und erklärt ihr seine Töchter, wie sie heißen, was sie schon immer gut konnten, dass er viele Jahre jeden Mittag für sie kochen musste, aber nun schon lange nicht mehr weiß, was ihnen schmeckt. Sie sind größer als ich, sagt er, und viel größer als du, und er steht auf und streckt sich ein wenig, als wolle er es ihnen gleichtun. Während sie die Tageszeitung durchblättert, rasiert er sich im Bad, das macht er immer abends, damit alles an ihm weich ist für die Nacht, und als er ins Bett geht, sitzt sie noch auf dem Sofa, wo er ihr Decken bereitgelegt hat, und schaut unruhig aus dem Fenster. Morgen wird er ihr ein warmes Frühstück machen, mit einem weichen Ei, gebackenen Tomaten und heißem Kaffee, er will sie aufwärmen und stärken, und am liebsten würde er ihr einen Namen schenken, und Handtücher wird er ihr noch hinlegen, damit sie sich so lange duschen kann, bis sie sich so sauber fühlt wie ein frischgelegtes Ei.

Als er am nächsten Morgen aufwacht, merkt er gleich, dass sie fort ist. Die Wohnzimmertür steht offen, die Decken liegen frisch gefaltet auf dem Sofa, ein leeres Wasserglas neben der Spüle, die neuen Socken muss sie mitgenommen haben, jedenfalls liegt nichts herum, und es ist so sauber, als wäre sie nie da gewesen.

Aber so leicht lässt er sie nicht davonkommen. Er nimmt nicht jeden bei sich auf, und wenn er jemandem dieses Geschenk macht, darf er ein wenig Dankbarkeit erwarten. Sie hat noch nicht einmal einen Zettel auf dem Küchentisch hinterlassen, und das Rudern müssen sie auch noch erledigen, also wird er sie suchen und wieder zurück in die Wohnung bringen. Natürlich muss er erst arbeiten so wie jeden Tag, er muss im Büro die Abrechnungen machen und die Scherze der Kollegen anhören, in der Kantine muss er sich rasch einen Platz neben jemandem suchen, mit dem er gemeinsame Gesprächsthemen hat, das ist nicht leicht bei seinen Interessen, wobei es ihm schwerfällt zu sagen, wofür er sich überhaupt interessiert. Für seine Töchter natürlich, und für ein friedliches und ruhiges Leben, aber das kann er wohl kaum sagen, wenn die Kollegen ihn lachend fragen, womit er denn die Zeit totgeschlagen habe. Untereinander reden sie, solange er schweigend sein Fleisch in kleine Stücke schneidet, über Partys und Sport, es hört sich alles ähnlich an und hat mit Schnelligkeit, Gerissenheit und Alkohol zu tun, und ihre Stimmen werden lauter, wenn sie auf die Pointen zusteuern, und auch rauer. Ludwig dagegen hat eine leise Stimme, wegen der er früher oft gehänselt wurde, und allein schon deswegen kommen Partys für ihn nicht infrage, er kann sich dort nicht unterhalten, weil niemand ihn versteht. Du sollst dich dort auch nicht unterhalten, sagen die Kollegen, beim Feiern geht es doch nicht darum. Aber er möchte sich unterhalten, so wie er sich gestern Abend mit der schmutzigen Frau unterhalten hat, er wünscht sie herbei, in diesem Moment in der Kantine, selbst wenn sie schwiege, würde sie ihm auf ihre Art beistehen, einfach indem er sich um sie kümmern könnte, ihr ein Kaltgetränk holen, oder Tee, den sie so mag, oder eine frische Serviette, und noch dringender möchte er sie anfassen, am Kopf oder am Hals. Sie hat es gestern einfach zugelassen, dass er mit den Fingern durch ihr Haar fuhr, als sei es selbstverständlich, sich zu berühren. Sicher hat sie gespürt, wie weich seine Finger sind, und dass er sein Bett regelmäßig frisch bezieht, spricht auch für ihn, ja. Aber dann fällt ihm ein, dass er sich nicht sicher sein kann, sie jemals wiederzusehen, und er fängt an, schnell und hastig zu kauen, als würde er so die Zeit beschleunigen, bis er mit der Suche beginnen kann. Aber als es endlich nach fünf ist und er mitten im warmen Nachmittag vor dem Büroturm neben der Drehtür steht, durch die immer mehr Kollegen hinausdrängen und auseinanderstreben, weiß er nicht mehr, wie sie aussah und wo er mit seiner Suche beginnen soll.

Langsam geht er los, nickt einigen Kollegen zu, die ihre Trenchcoats gefaltet über dem Arm tragen und nach oben schauen, als gäbe es dort etwas zu sehen außer ein paar appetitlichen Sommerwolken, sodass er unwillkürlich auch den Blick hebt, dabei ist die schmutzige Frau nicht am Himmel zu finden, sondern kleiner als er, eher muss er den Blick senken und ein wenig herabschauen, wenn er sie nicht verpassen will. Er weiß nichts über sie, genauso gut könnte sie abgereist sein in eine andere Stadt, ohne Gepäck ist man schnell woanders. Langsam biegt er in die Fußgängerzone ein und schaut nach links und rechts, als könne er sie dort aufspüren, in den Boutiquen mit ihren weit geöffneten Türen oder in der holzgetäfelten Apotheke, wo die Leute anstehen, um handgefertigte Medikamente zu kaufen, die in durchsichtigen Tüten auf dem Tresen stehen und mit ihren sanften Farben viel heilsamer aussehen als die eingeschweißten Tabletten in seiner Hausapotheke. Eine Weile geht er gemächlich an den Läden vorbei, ein sommerlicher Spaziergang, wie er ihn sich schon lange nicht gestattet hat, und vergisst fast, wen er sucht, zwei oder drei Frauen wirft er freundliche Blicke zu, wie es seine Art ist, nicht drängend oder anzüglich, sondern bewundernd und einladend, aber niemand schaut zurück; er weiß ja, dass man in der heutigen Zeit anders schauen muss, direkter und forscher, und dass Blicke sowieso eine altmodische Sache sind, es ist schwierig geworden, mit Frauen anzubändeln, und deswegen ist es ja auch so schön, dass ihm die schmutzige Frau praktisch in die Arme lief. Nicht dass er auf der Suche wäre, und er kommt sehr gut ohne all die verworrenen Spielchen zurecht, die man üblicherweise Liebe nennt, nur würde er sich gern gelegentlich mit jemandem unterhalten, der ihm zuhört, und weil Gott dafür nicht infrage kommt und seine Töchter ihn selten besuchen, wäre sie dafür sehr gut geeignet. Er will unbedingt ihren Namen herausbekommen, und dass sie ihn nicht verraten hat, ist unklug, denn Namen helfen ihm, die Frauen auseinanderzuhalten und sich ihre Besonderheiten zu merken. Auf jeden Fall wäre er bereit, sich für sie einzusetzen, wenn er sie nur fände, aber hier zwischen den Einkäufern wird er sie nicht finden, vermutlich hat sie gar kein Geld und schnorrt sich durch, indem sie gutmütigen Seelen wie ihm vor die Füße läuft und sich retten lässt. Allmählich steigt eine Ungeduld in ihm auf, und er geht rascher und biegt in eine Seitenstraße ab, wo sie zwischen zwei verkümmerten Lindenbäumchen auf einer Band sitzt und liest.

Mit rundem Rücken beugt sie sich über das Buch, die Haare fallen über ihr Gesicht, und die Füße in den klobigen Wanderschuhen hat sie sorgfältig nebeneinandergestellt, sodass sich ihre Knöchel berühren. Er ist so überrascht, dass er still stehen bleibt und sie anstarrt. So allein, wie sie hier sitzt, sieht sie nicht so aus, als vermisse sie jemanden. Sie bemerkt seine Blicke nicht, vielleicht erinnert sie sich ja gar nicht an ihn und sein frisch bezogenes Bett, in dem sie nicht geschlafen hat, und die hübschen Töchter an der Wand, die sich längst die langen Haare abgeschnitten haben. Je länger er hinschaut, desto unsicherer wird er, ob diese vornübergebeugte Leserin überhaupt sein Gast von gestern Abend ist, es könnte sich um eine Verwechslung handeln, denn Locken haben viele, und Wanderschuhe sind auch keine Seltenheit. Plötzlich kommen ihm die Menschen austauschbar vor, ohne Namen kommt er nicht weiter, wie soll er sie denn rufen. Er weicht zurück, so unangenehm ist ihm die Vorstellung, er riefe nach ihr. Das wird er nicht tun, und selbst wenn sie es wäre, wenn sie ihr Buch zuklappte und aufspränge und ihm folgte, quer durch die ganze Fußgängerzone und bis in seine helle Wohnung im Komponistenviertel, wo er eigentlich nicht hingehört, weil dort Professoren wohnen und Lehrer, dann säße sie doch wieder nur auf dem Sofa heute Nacht, wach und unruhig, wie ein eingesperrtes Kind, das sich weigert zu baden, und das tut er sich nicht noch einmal an, er muss dann später ja die Wanne schrubben, niemand, der das für ihn übernimmt, da bleibt er lieber ganz für sich allein. Schon ist er wieder mitten in die Fußgängerzone geraten, jemand stößt ihn von der Seite mit einem Einkaufswagen, Shopper heißt das heute, sagt Ludwig leise und kauft sich eine Waffel mit heißen Kirschen, für die Jahreszeit zu warm.

Früher war mir nicht langweilig, denn wir hatten die Kinder
  Solange sie da waren, gab es immer etwas zu tun
  Ich war ständig in ihrer Nähe, sie rochen nach

Streuselkuchen und Badezusatz, später auch nach Schweiß und Zigarettenrauch

Ich beschwerte mich nie

Meinmann war streng mit ihnen, er schimpfte, wenn sie den Apfelsaft umstießen oder mit den Wachsmalkreiden die Wand bekritzelten, und verließ ungeduldig den Raum, während ich den Aufnehmer holte, Pfützen aufwischte und die Wände radierte und den Kindern erklärte, dass Papa es nicht böse meinte

Meine Freundinnen fanden, dass Meinmann mit der Zeit gegangen war, sie lobten ihn, weil er gern staubsaugte, samstags den Boden feucht wischte und abends lange am Herd stand und raffinierte Mahlzeiten zubereitete

Er lässt dich nicht allein, sagten sie

Er hat begriffen, dass die Zeiten sich schon lange geändert haben und dass Aufgaben geteilt werden müssen, du hast Glück mit ihm

Ja, sagte ich, großes Glück

Auch den Kindern erklärte ich, wenn sie weinten, weil er sie zurechtwies, dass sie Glück mit ihrem Vater hatten

Ich konnte ihnen ja kaum sagen, dass ich mich vor seinem kühlen Blick fürchtete, mit dem er mich musterte, wenn ich einen Fehler begangen hatte (den auch sie kennenlernten, als sie größer wurden und patzige Antworten gaben oder ihn unterbrachen)

Niemand durfte Meinenmann unterbrechen

Auch meine Freundinnen nicht, wenn sie nachmittags am Küchentisch saßen und die Kinder Verstecken spielten, kichernd zwischen den Mänteln an der Garderobe hockten oder in meinem Kleiderschrank zwischen den guten Schuhen und dem alten Lederkoffer

Er setzte sich gern dazu und scherzte mit ihnen

Oder er erzählte lang und ausschweifend von seiner Arbeit

Wenn jemand dazwischenfragte, hob er in gespielter Empörung den Finger: Man müsse ihn ausreden lassen, er komme ja sonst nie zum Zuge

Dann lachten alle und stützten das Kinn in die Hand, viele lauschende Gesichter und die warme Stimme Meinesmannes

Ich verknotete unter dem Tisch die Finger und stand irgendwann auf, weil ich nicht mehr still sitzen konnte, und schaute nach den Kindern, die im Haus die verrücktesten Verstecke fanden, zusammengerollt unter der Tagesdecke, eingefaltet hinter der Waschmaschine, zwischen den Marmeladengläsern im Keller

Gute Verstecke, die ich mir merken wollte

Aber das allerbeste Versteck habe ich allein nicht finden können

Meinmann hat es selbst ausgewählt, über den Dächern der Stadt, und mir eingerichtet, und nirgendwo ist man sicherer als im Bauch des Wals

Einen Liebhaber in den Bauch des Wals zu bestellen, wäre ein riskantes Unterfangen, denn Magenschleimhaut ist empfindlich und spürt jede Veränderung

Aber der Wal kann sich nicht selbst in den Bauch schauen, darauf könnte ich setzen

Ich hatte nie einen Liebhaber, es wäre mir nicht in den Sinn gekommen

Aber nun fange ich an zu grübeln und zu träumen, ich gehe in der aufgeräumten Wohnung hin und her und stelle mir vor, jemand schaue mir dabei zu, nicht um mich zu verbessern oder zu verspotten, sondern zu seinem und meinem Vergnügen, oder besser noch, ich schaute ihm zu

Aber wir müssten uns nicht zuschauen

Warum sollten wir das tun?

Zuschauer wägen ab und beurteilen, sie vergeben Punkte für den Gang, die Haltung, die Ausstrahlung, darauf würden wir verzichten, oder nicht, mon ami? Ich beginne, leise mit dir zu reden, wer auch immer du bist

Es genügt mir, dass du nicht Meinmann bist, dass du mich nicht abfragst, mir nicht den Arm um die Schultern legst, so fest, dass ich mich nicht mehr bewegen kann, überhaupt dass du schweigst und mich so leicht berührst, dass ich es auch selbst sein könnte

Das ist es, was ich suche: eine Hand, die locker im Schoß liegt, ein Kopf, der leicht an meiner Schulter lehnt, ein schweifender Blick, der mich nicht festnagelt, und so taue ich auf, werde weich und geschmeidig unter deinermeiner Hand, darauf verstehe ich mich, und so soll es gut sein

Du vertreibst mir die Wartezeit, und in deinem Beisein wird mir klar, dass ich nicht auf Meinenmann warte und auch nicht auf dich, dass ich eigentlich auf niemanden warte, und dass ich, solange ich warte, Geschichten schreiben oder aus dem Fenster schauen oder mit dir spielen kann, aber wenn ich genug gewartet habe, werde ich die Tür öffnen und hinuntergehen

Und es wird ganz einfach sein

Die Freundinnen, mit denen ich an den Spielplätzen saß und Kindergeburtstage feierte, hatten mit D nichts zu tun

Natürlich kann es sein, dass auch D Kinder bekommen und für diese Kinder die Wippe nach unten gedrückt und das Drehkarussell angestoßen hat

Vielleicht trägt sie wieder ihren alten Namen und hat sich einen Kinderwagen mit Vollgummireifen angeschafft

Ich habe sie nach dem Abend mit Meinemmann nicht mehr angerufen, bin ihr aus dem Weg gegangen, wenn ich sie in der Stadt sah

Irgendwann war sie verschwunden, ohne Internet werde ich nicht herausfinden, wo sie steckt

Ich sehe sie vor mir, unwirsch, bockig (mit der Arroganz der Klügeren), dort unten zwischen den Studenten und den Touristen, ohne Kinder, in einem weiten Mantel und viel zu engen Hosen, den Kopf voll wirrer Gedanken, ungealtert und kompromisslos, bis wir uns wiedertreffen

Da ich nun keine Kinder mehr um mich habe und die Namen der Freundinnen vergesse, da ich beinahe allein lebe und Zeit habe, um mich weiterzuentwickeln, zu lesen und zu denken, könnte ich irgendwann aufgeholt haben und wieder in der Lage sein, ihr das Wasser zu reichen

Vor allem gibt es keinen Mann mehr zwischen uns

Jedenfalls nicht so wie früher

Du willst Kinder, warnte sie mich damals, dann stell dich auf kulturlose Jahre ein

Feuchte Jahre, Jahre mit Kopfläusen und Essensresten (Kinder essen nie auf), mit Albträumen, Handarbeiten (Nähen, Stopfen) und Reparaturen

Verschwitzte durchwachte Jahre, in denen du nie schweigen können wirst, nie saufen und nichts vergessen

Wer Kinder hat, hat keinen Sex mehr, keine Zeit und wird schneller alt

Ich weiß nicht, woher D all das wusste, es traf so ein, wie sie es vorhergesehen hatte

Doch ich umarme diese Jahre und gebe sie nicht her, auch wenn sie spurlos verschwunden sind, sie sind mein Schatz, den ich mit niemandem teile, mit D nicht und auch nicht mit Meinemmann

6.

Die vierte Geschichte

Das Kind, das eine Weile an der Wand lehnt, warm von der Sonne, schaut den Tauben zu, die sich gierig um ein angebissenes Brötchen drängen und wild in die aufgeweichte Kruste hacken. Vorhin hat es versucht, sie herbeizulocken, es hat im Papierkorb vor der Bäckerei ein Stück Mohnkuchen gefunden und ist damit langsam auf den flatternden Taubenhaufen zugegangen. Hier könnt ihr in Ruhe fressen, hat es ihnen erklärt, aber sie haben sich nicht für den Mohnkuchen interessiert und sich stattdessen weiter über das alte Brötchen hergemacht, wahrscheinlich konnten sie die Einladung gar nicht hören, weil sie schnarrende Geräusche machten und heftig mit den Flügeln schlugen, ein gummiartiger Klang. Das Kind hat dann aufgegeben und den Kuchen den Tauben hingeschleudert, aber auch jetzt hat sich noch keine von ihnen erbarmt, vielleicht liegt es am Mohn. Dem Kind tut es jetzt leid, dass der Kuchen auf dem feuchten Boden liegt und von unten her langsam aufweicht, es hätte ihn selbst essen sollen, die Tauben sind ihm auf einmal egal. Es schaut herum, was es als Nächstes tun könnte, und sieht die Frau auf der Bank mit ihrem Buch. Sie sitzt schon eine Weile dort und hat anscheinend so viel Zeit wie das Kind, jedenfalls rührt sie sich nicht vom Fleck, sie liest nur und schaut kaum hoch. Sie ist alt, aber nicht allzu sehr, und sie sieht nicht aus wie jemand, der das Kind nach Hause schicken oder herumkommandieren könnte. Das Kind schabt noch eine Weile mit einem Stöckchen Dreck zwischen den Pflastersteinen heraus und türmt ihn zu kleinen Haufen, die aussehen wie Vogelschiss, und es kichert bei dem Gedanken, Leute könnten aus Versehen hineintreten und sich ärgern. Dann schlendert es zu der Frau hinüber und setzt sich ans andere Ende der Bank.

Die Frau bemerkt das Kind nicht, jedenfalls hebt sie den Blick nicht von ihrem Buch. Das Kinn hat sie in die eine Hand gestützt, mit der anderen schiebt sie immer wieder ihr Haar hinters Ohr, so wie es auch das Kind tut, alle Mädchen machen es. Einmal hat sich das Kind die Haare selbst abgeschnitten, weil sie am Hinterkopf so verklebt waren, dass es mit der Bürste nicht mehr durchkam; als der Boden bedeckt war mit Strähnen, schnitt das Kind einfach so lange weiter, bis sich der Kopf kühl und sauber anfühlte, und eine Bürste brauchte es nun auch nicht mehr. Die Haare fegte es mit dem Handblech zusammen, aber als es sie in den Treteimer werfen wollte, öffnete sich die Schlafzimmertür, und die Mutter, die sonst nie vor dem Abend in die Küche kam, stand vor dem Kind und starrte auf den stoppeligen Kopf. Das Kind schaute zu ihr hoch und wollte gerade erklären, dass das Leben nun einfacher war, weil es sich die Haare nicht mehr bürsten musste, da schlug die Mutter es von hinten mit der Handkante in den Nacken. Das tat sie nur, wenn sie betrunken war oder wenn das Kind etwas in der Wohnung zerstört hatte. Es war sich nicht sicher, was diesmal der Grund war, jedenfalls fiel es vornüber auf den Treteimer, und die Haare verstreuten sich in kleinen Klumpen und Nestern in der ganzen Küche, während die Mutter ohne ein Wort wieder im Schlafzimmer verschwand. Danach hat das Kind sich die Haare wie-

der wachsen lassen, obwohl es ihm nicht wichtig war. Vielleicht würde sich die Mutter darüber freuen. Aber sie hat nie etwas dazu gesagt.

Die Haare der Frau sind ein wenig fettig am Ansatz, das Kind sieht es genau, weil ihm die anderen in der Klasse es beigebracht haben. Einmal haben sie dem Kind ein Stück Butter auf das Pult gelegt. Es wusste erst nicht, was es damit anfangen sollte, und drehte den kleinen blassen Block in den Fingern, bis er anfing zu schmelzen. Da rissen sie ihm die Butter aus der Hand und rieben sie ihm auf den Scheitel. So fettig, riefen sie, wasch dir die Haare, Fettfleck. Sie hielten das Kind fest, bis die Butter auf dem ganzen Schädel verrieben war; dann ließen sie los und strichen die fettglänzenden Finger an ihren Hosen ab. Das Kind stand mit hängenden Armen da und überlegte, woher sie die Butter hatten und ob es nun nach Hause gehen sollte, um zu duschen. Als die Lehrerin kam, stand es immer noch zwischen den Pulten, während alle anderen längst an ihren Plätzen saßen und gespannt warteten, ob es in Tränen ausbrechen oder sich bei der Lehrerin beschweren würde.

Setz dich bitte, sagte die Lehrerin, die nichts zu bemerken schien und auch nicht hörte, dass sich alle immer wieder das gleiche Wort zuflüsterten: Fettfleck. Die Butter zog ins Haar ein, das zu klebrigen Strähnen erstarrt war, und als das Kind sich abends mit dem Shampoo der Mutter den Kopf einrieb, schäumte es erst beim dritten Mal.

Fettfleck, sagt es leise und dann probeweise etwas lauter, aber die Frau schaut immer noch nicht hoch, es könnte genauso gut Luft sein. Entweder muss es sich bemerkbar machen, oder es steht gleich auf und läuft weiter, ihm fällt nur nicht ein, wohin es dann gehen könnte. Es hat auch Durst und kein Geld, um sich etwas zu kaufen.

Ich hab Durst, sagt es, nun etwas lauter, und da die Frau immer noch nicht aufhört zu lesen, fängt es an zu husten, so lange, bis die Frau das Buch zuklappt, einen Finger zwischen den Seiten, und zu ihm herüberschaut. Mit dem gespielten Husten kann es auf einmal nicht mehr aufhören, es hustet, bis es sich schüttelt. Da rückt die fettige Frau zu ihm und klopft ihm kräftig zwischen die Schulterblätter. Als der Husten nachlässt und sich das Kind mit heißem Kopf Spucke von den Lippen reibt, reicht sie ihm eine kleine Wasserflasche.

Trink was, sagt sie, das hilft.

Das Kind schaut auf die Flasche, die blau glänzt und am Hals verkratzt ist, während die Frau es beobachtet. Ihre Augen sind sehr grün, und sie wartet ab, bis das Kind getrunken hat, dann setzt sie selbst die Flasche an, ohne noch einmal darüberzuwischen, wie es die anderen in der Schule immer machen, und nimmt einen kräftigen Schluck.

Hast du keine Schule, fragt sie.

Warum liest du das, fragt das Kind zurück.

Liest du nie?

Das Kind überlegt.

Ich habe keine Zeit, sagt es dann. Die fettige Frau nickt und steht auf. Sie ist nicht sehr groß, und ihre dicken Schuhe sehen aus, als hätte sie sie von ihrem großen Bruder geerbt.

Wohin gehst du jetzt, fragt das Kind.

Darüber habe ich noch gar nicht nachgedacht, und du?

Ich will nicht nach Hause.

Ich kann dich nach Hause bringen, schlägt die fettige Frau vor, und auf dem Weg könnten wir ein Eis essen.

Hast du denn Geld, fragt das Kind.

Die Frau seufzt und klemmt sich das Buch unter den Arm. Das Kind sieht jetzt, dass sich in ihrer Wolljacke hinten am Rü-

cken Strohhalme verfangen haben, als hätte sie vorhin auf einer Wiese gelegen. Wegen der Strickjacke ist es ja hier, seiner Jacke, es hat sie in der Schule vergessen, die Mutter zwang es, am Nachmittag zurückzugehen und danach zu suchen.

Ich kauf dir keine neue. Dann läufst du eben so herum.

Das Kind verliert selten etwas, aber wenn, dann sind die Dinge für immer verschwunden, und das hat es auch der Mutter gesagt, aber sie wollte nichts davon hören.

Wenn du so schlecht auf deine Sachen achtgibst, musst du dir selbst eine neue Jacke kaufen, ich bin kein Goldesel, wie stellst du dir das vor. Du hast keine Ahnung, wirklich. Ihre Stimme wurde lauter, und das Kind unterbrach sie rasch.

Ich such die Jacke.

Viel Glück, sagte die Mutter spöttisch und schaute über das Kind hinweg nach draußen, als hinge dort vor den Fenstern irgendwo die Jacke, und als das Kind losging, war sie schon wieder im Schlafzimmer verschwunden.

Der Schulhof war leer, auf der Schaukel saß eine Amsel, die das Kind erkannte, weil ihm die Mutter früher die Vögel erklärt hatte. Einmal waren sie sogar so früh aufgestanden, dass es draußen noch dunkel war, und waren Hand in Hand in den Stadtpark gegangen, wo die Vögel in den dämmrigen Baumkronen allmählich erwachten, bis sie irgendwann so laut sangen, dass sich das Kind die Hände über die Ohren legte. Die Mutter lachte und zog es auf eine Bank, und dort saßen sie eine Weile und lauschten dem Geschrei, das Kind an die Mutter gelehnt, deren Wärme ihm wichtiger war als das Stimmengewirr hoch über ihm. Die Mutter nahm den Schal ab, den sie sich um den Hals geschlungen hatte, und legte ihn dem Kind um die Schultern, und so eingehüllt wäre es fast wieder eingeschlafen, dort auf der Parkbank. Seitdem erkannte es den Amselgesang, aber die Mutter stand morgens nicht mehr auf, weil das Kind jetzt groß genug war, sich selbst das Frühstück zu machen und den Amseln zu lauschen, während es Milch über die Knusperflakes goss und zuschaute, wie sich der Zuckerguss von den Flocken löste und die Milch süß machte. Die Amsel auf dem Schulhof sang aber nicht, es war noch zu früh, sie sprang auf dem Querbalken der Schaukel hin und her und pickte ins Holz. Das Kind überquerte langsam den Schulhof, stemmte die Pforte auf und stand allein in der Eingangshalle, die ihm früher riesig erschienen war, als die Mutter es noch jeden Tag brachte, ihm kurz vor der Schule den Ranzen aufsetzte und es dann sanft hinüber zu den anderen Kindern schob. Es wunderte sich, dass niemand die Halle abgeschlossen hatte, jeder konnte eintreten und die vergessenen Jacken von den Garderobenhaken nehmen. Auch seine Jacke hing nicht dort, wo sie sein sollte, direkt neben der Tür zu seiner Klasse, vielleicht hatte sie jemand mitgenommen, der eine Jacke brauchte. Sie lag auch nicht unter der Bank oder in der Ecke. Das Geld in der Spardose würde nicht reichen für eine neue Jacke, aber heute ist es warm genug, dachte das Kind, ich kann ohne Jacke bleiben. Es wollte nach Hause gehen und der Mutter die Wahrheit sagen, aber sie würde ihm nicht zuhören, sie würde vielleicht gar nicht aus ihrem Zimmer kommen, und es wäre wohl besser, das Kind bliebe einfach so lange weg, bis sich die Sache geklärt hatte. Langsam strich es an den Garderoben entlang und fuhr mit der Hand über ein paar andere vergessene Jacken, die ihm vorher nie aufgefallen waren, es könnte eine davon mitnehmen und so tun, als sei es seine, aber die Mutter würde ihm nicht glauben. Auch wenn sie viel vergaß, würde sie doch noch wissen, welche Jacke sie ihm gekauft hatte, zwei Jahre war es schon her, an den Ärmeln ist sie inzwischen zu kurz, und am Bund war die Wolle aufgeribbelt. Sie hatten sich damals einen schönen Tag in der Stadt gemacht, das Kind hatte sich eine Bratwurst am Stand kaufen dürfen und die längste ausgewählt, die man viermal knicken musste, damit sie ins Brötchen passte, und als es sich Ketchup daraufspritzen wollte, war ein großer Klecks auf seine Hose getropft, und die Mutter hatte ihm so kräftig auf die Hand geschlagen, dass es das Brötchen aufs Pflaster hatte fallen lassen, wo sich gleich die Tauben versammelten, so wie vorhin. Es hatte nicht geweint, und die Mutter hatte die Tauben weggetreten, das Wurstbrötchen aufgehoben und mit einer Serviette kräftig abgerieben, dann hatte sie ihm auch gleich mit einer ganzen Handvoll Servietten das Ketchup aus der Hose gerubbelt, und das Kind schaute von oben auf ihr gerötetes Gesicht und die heftig hin und her wippenden Haare und musste plötzlich lachen. Die Mutter hielt inne, und das Kind schlug sich die Hand vor den Mund. Ein paar Sekunden verharrten sie ganz still, die Mutter auf den Knien, das Kind mit der großen Plastiktüte vom Jeansladen und dem verschmierten Wurstbrötchen. Dann ging ein Windstoß über den Platz, die Mutter schüttelte den Kopf und fing auch an zu lachen, und vor lauter Erleichterung kamen dem Kind die Tränen, so wie es manchmal passierte, es wusste dann selbst nicht, ob es lachte oder weinte, aber die Mutter merkte es nicht.

Die Jacke hatte die falsche Farbe, ein ungesund strähniges Orange, und wenn sie nun weg ist, wird das Kind sie nicht vermissen, aber es geht lieber nicht nach Hause, sondern in die Stadt, um die Jacke zu vergessen, und nur die Strohhalme auf der Jacke der Frau erinnern es wieder an die ganze Geschichte.

Die Frau hat, wenn man genauer hinschaut, kleine Unregelmäßigkeiten überall, die dem Kind sehr gefallen, weil man wie bei einem Suchbild nicht gleich darauf kommt, was anders ist.

Es sind nicht nur die Strohhalme am Rücken; ihre dicken Schuhe sehen aus, als käme sie von einer langen Wanderung, und die Haut in ihrem Gesicht ist körnig und an manchen Stellen fleckig. Vielleicht hat sie zu lange in der Sonne gesessen, und die Hitze hat sich in sie eingebrannt. Sicher hat sie früher auch Dinge vergessen. Die fettigen Haare kennt das Kind von der Mutter, die sich früher die Locken zu einer goldenen Wolke aufgebürstet hat, aber damals war sie auch nicht in ihrem Zimmer geblieben, sondern stundenlang unterwegs gewesen und hatte dem Kind Kakao und Marshmallows mitgebracht, und wenn sie zusammen am Küchentisch saßen und im Kakao rührten, hatte sich das Kind an die Mutter gelehnt und an ihr geschnuppert, sie hatte nach Kirsche geduftet, so wie die kleinen roten Lutscher, die es manchmal auf Kindergeburtstagen gab.

Ob die fettige Frau wirklich Geld hat, um dem Kind ein Eis zu kaufen, ist schwer zu sagen, es kann kein Portemonnaie an ihr entdecken, keine Tasche über ihrer Schulter, nur das Buch trägt sie unter dem Arm, als sie nun langsam in die Fußgängerzone einbiegen, das Kind drei oder vier Schritte hinter ihr, damit es zur Not rasch ausweichen kann. An der Eisdiele stellen sie sich in die Schlange, aber die Leute drängeln sich vor, als sähen sie die Frau gar nicht, und so müssen sie lange warten, bis sie vorne zu stehen kommen. Das Kind sucht sich zwei Kugeln aus, aber die Frau lässt sich Zeit, sie liest alle Sorten durch, geht in die Knie und betrachtet die Eishügel mit den Schokostückchen und den Zitronenscheiben, der Eisverkäufer wartet geduldig und nimmt währenddessen einen Schluck aus einer Espressotasse, aber hinter ihnen beschwert sich jemand und klopft mit einer Euromünze so heftig gegen die Glastheke, dass der Eisverkäufer streng den Kopf schüttelt. Das Kind schaut sich die vielen Erwachsenen an, die sich um die Eistheke versammelt haben, den drängelnden Mann, den Eisverkäufer mit einem Kaffeerand über den Lippen, die fettige Frau, die versunken vor dem Eis hockt, und die Einkäufer, die im Hintergrund mit ihren Tüten vorübereilen, ein bewegtes Bild, das sich ständig verändert, voller Menschen, die allesamt größer und schneller sind als das Kind, und mittendrin hockt die Frau wie ein Stein mitten im Bach, an dem das Wasser vorüberfließt, sich gelegentlich bricht, aber nicht aufzuhalten ist.

Hat sich die Dame dann bald entschieden, ruft der Herr mit dem Eurostück, ich habe nicht ewig Zeit, auch wenn Sie das vielleicht nicht begreifen.

Zitrone und Walnuss, sagt die Frau leise, beinahe verschwörerisch zum Eisverkäufer, und das Kind atmet erleichtert auf, denn nun halten sie niemanden mehr auf, und endlich kann es in Ruhe sein Eis essen, das die Frau bezahlt, als sei es nicht der Rede wert, mit Geldmünzen, die sie aus der Jackentasche holt. Der Eisverkäufer nimmt die Münzen, reibt noch einmal darüber und legt sie in die Kasse. Das Kind saugt sein Erdbeereis von der Kugel ab und denkt an Stubenfliegen mit ihren kleinen Rüsseln, während die Frau Walnussstückchen aus ihrem Eis klaubt, zwischen den Schneidezähnen zermahlt und andächtig verschluckt. Fliege und Eichhörnchen, denkt das Kind und muss lachen, und die Frau schaut es überrascht an, als hätte sie das nicht erwartet.

Walnüsse sehen aus wie kleine Gehirne, sagt sie und reicht dem Kind eine Hälfte, wenn du die isst, wirst du schlau.

Bin ich schon, sagt das Kind, und nun lachen sie beide, lachend gehen sie nebeneinander durch die Fußgängerzone, auf die ein blasses Abendlicht fällt. Am Drogeriemarkt schiebt eine Verkäuferin Ständer mit gestapelten Tempopackungen und Duschproben hinter die Schiebetür. An den Schaufenstern pran-

gen Blüten und eine geschwungene Reklameschrift, die das Kind nicht liest, weil die Buchstaben seltsam verschnörkelt aussehen und das Lesen ihm sowieso schwerfällt, auch wenn die Buchstaben groß und deutlich nebeneinanderstehen und es das Lineal unter die Zeilen legt, damit der Blick nicht verrutscht. Auf einmal fühlt es sich, den Eisgeschmack noch in den Backentaschen, wie am Anfang der Sommerferien, leer und erleichtert, und während die Frau noch stirnrunzelnd den Schriftzug abliest, »Hier bist du Mensch«, greift das Kind, ohne nachzudenken, in einem der Pappständer, die noch vor dem Laden stehen, nach einer kleinen Shampooflasche Limette, und als sie langsam weitergehen, schiebt es der Frau die Flasche in die Jackentasche. Damit kann sie sich dann später zu Hause die Haare waschen. Sie tut so, als hätte sie nichts gemerkt.

Wo wohnst du?

Es ist nicht weit, und das Kind wird langsamer, es hat keine Eile, und wenn die fettige Frau ein Mann wäre, hätte es auch keine Angst, denn wenn Männer in der Nähe sind, benimmt sich die Mutter wie eine höfliche Kellnerin. Sie holt die teuren Gläser aus dem Schrank, öffnet Flaschen und Tüten mit gerösteten Nüssen und kippt sie in Kristallschüsseln, sie lacht herzlich, und ihre Lippen schimmern dunkelrot. Männern erlaubt sie sogar, im Wohnzimmer zu rauchen. Das Kind vergisst sie, stützt das Kinn in die Hand und lauscht den Gästen. Wenn die Männer das Kind entdecken, das still in einer Ecke sitzt und auf Mutters Handy spielt, rufen sie es zu sich und fragen nach seinem Namen und was es später machen will.

Willst du so schön werden wie deine Mutter, wenn du groß bist, hat einer gefragt, und ein anderer, der öfter kam, hat ihm mit dem Zeigefinger über die Haare gestrichen, während er die Mutter geküsst hat. Zum Glück war er bald so sehr mit Küs-

sen beschäftigt, dass das Kind sich unter der Hand wegdrehen und in sein Zimmer huschen konnte. Wenn die fettige Frau ein Mann wäre, hätte die Mutter so viel zu tun, mit Umarmungen, Gläsern, Servietten und all den anderen Aufgaben einer guten Gastgeberin, dass sie das Kind nicht nach der Jacke fragen und abends so lange spielen lassen würde, bis es von allein einschlief. Die Abende, an denen sie Besuch hatten, waren dem Kind am liebsten, mit dem warmen Handy unter der Decke, das Gemurmel aus dem Wohnzimmer, das Klirren der Gläser und das dröhnende Lachen der Männer besser als Fernsehen, weil sich das Kind dazu einen eigenen Film vorstellen konnte, in dem die Mutter sich in einen dieser Männer verliebte, der sie heiraten und das Kind adoptieren würde, sie zögen um in eine andere Stadt, wo das Kind neue Freundinnen kennenlernen könnte, die es mit zum Reiterhof oder zum Eislaufen nähmen, die Schlittschuhe um den Hals an langen Schnürsenkeln, oder es käme ins Internat, wo es keine Kleider mehr verlieren würde, weil es gar nicht mehr dort wegginge, nur bis zum Tennisplatz und zurück, und wo die Kinder in einem großen Speisesaal unter Kronleuchtern Schweinebraten äßen, Stoffservietten auf dem Schoß.

Aber bei der fettigen Frau ist es sich nicht sicher, es kann sein, dass die Mutter sie gar nicht in die Wohnung lässt, und später wird sie das Kind anschreien, weil es mit einer fremden Frau gegangen ist. Es fällt zurück und überlegt, ob es rasch in eine Seitenstraße abbiegen und die Frau abschütteln soll.

Aber da bleibt die fettige Frau stehen und sieht dem Kind entgegen, das mit hängenden Armen langsam aufschließt. Komm, sagt sie plötzlich, streckt den Arm aus und nimmt es an die Hand, und das Kind lässt es sich gefallen, obwohl es viel zu groß dafür ist, aber die Finger der fettigen Frau sind warm und trocken, und wenn man so nebeneinandergeht, dann kann man auch zusammen gehen, und niemand stört sich daran.

Im Sommer fliegen wir weit weg, sagt das Kind zur Frau, obwohl es nicht stimmt, sie verreisen nie, aber es schaut oft Filme und Berichte aus anderen Ländern, und wenn sie nach den Sommerferien in der Klasse erzählen sollen, was sie erlebt haben, fallen dem Kind eine Menge Städte und Strände ein, von denen es erzählen kann, als wäre es dort gewesen. Einmal hat es sich vertan und von drei Wochen Menorca erzählt, die Palmen und die bunt gestrichenen Fischerboote hatten im Fernsehen so geleuchtet, dass es nicht widerstehen konnte, aber es hatte vergessen, dass der Sommer zu Hause verregnet gewesen war und man ihm ansah, dass es kaum draußen gewesen war, jedenfalls hatten die anderen sofort gerufen, Fettfleck, was hast du auf Menorca gemacht, warum bist du so blass wie Quark? Das Kind war so rot geworden, dass sogar die Lehrerin lächeln musste, und seitdem hatte es sich nicht mehr gemeldet, wenn es um Ferien ging.

Im Sommer werden sie nirgendwo hinfliegen, aber man darf es trotzdem sagen, heute ist es keine Lüge, sondern ein Wunsch, und es klingt fast so, als wolle das Kind mit der fettigen Frau verreisen.

Weit weg, wiederholt sie, das ist gut. Und dann stehen sie auch schon vor dem Wohnblock, und das Kind löst behutsam seine Hand aus ihren Fingern. Auf einmal ist ihm klar, dass es die Frau nicht mit nach oben nehmen wird, wo die Mutter vielleicht eine Pizza aus der Packung schält, und es muss rasch hoch, damit sie nicht vergisst, die Plastikfolie abzureißen so wie neulich, als die Pizza mit dem Plastik im Ofen zu einem giftigen Klumpen verschmolz, sie ist so vergesslich, dass sie sicher auch schon die orangene Jacke vergessen hat.

Dann gute Reise, sagt die Frau.

Das Kind vergisst zu antworten, aber es winkt ihr noch, und sie winkt zurück. An der Haustür bohrt es seinen Zeigefinger in die Klingel und dreht sich nicht mehr um.

Wir wollten die Kinder gut lieben

Aber sie sind so schnell groß geworden, dass wir kaum Zeit hatten zu üben

M noch schneller als O, weil Mädchen alles daransetzen, lang und dünn zu werden, und ihre Körper gehorchen ihnen und strecken sich auf unwahrscheinliche Weise in die Länge und Höhe, die Arme schlenkern ihnen aus den Schultern, den langen Hals umrahmen die täglich wachsenden Haare, auch ihre Nasen und Ohrläppchen werden schmal und länglich

Ich schaute M und ihren Freundinnen dabei zu, wie sie sich an ihre großen Körper gewöhnten, wie sie sich fotografierten und tänzelten und zugleich ständig Dinge fallen ließen, weil sie die neuen Abstände noch nicht kannten

Sie lachten einander zu

Auch mich lachten sie an, während Ms Bruder missmutig vom Sofa herüberschaute und darauf wartete, dass der Tag vorüberging

Ich wartete, bis ich kleiner war als sie und ein wenig den Kopf in den Nacken legen musste, um mit ihnen zu reden

Damals fing es an, dass ich mich jünger zu fühlen begann als sie, und die Kinder nahmen es bereitwillig hin

Wenn sie mir nun etwas erklärten, ein technisches Gerät oder eine Reiseroute oder eine Computerfunktion, schlich sich ein geduldiger Ton in ihre freundlichen Anweisungen

Meinmann nahm diesen Ton auf, sodass mir nun die ganze Familie stetig Zuspruch gab und Unterweisungen erteilte

Ihr habt mich überholt, sagte ich zu M

Aber sie lachte nur und wischte sich die Haare aus der Stirn

Ich versuchte, sie an mich zu ziehen, lachend wand sie sich aus meinen Armen

Umarmungen sind so selten zu haben

Für eine gute Umarmung gäbe ich vielleicht sogar das Schreiben auf

Ganz sicher sogar

O ließ sich sehr gut umarmen, als er noch in den Kindergarten ging

Etwa ab der zweiten Klasse drehte er seine Finger aus meinem Griff, wenn wir Hand in Hand gingen und andere Kinder aus der Schule trafen, und wich mir geschickt aus, wenn ich ihn beiläufig an mich zu drücken versuchte

Nur abends, wenn ich ihm vorlas, lehnte er sich selbstvergessen an meine Schulter, schwer und schläfrig, und während ich las, war die Wärme unserer beiden Körper eine gut verheilte Naht

Manchmal schlief er mitten im Kapitel ein, und ich blieb noch eine Weile sitzen, das Buch auf den Knien, mein Gesicht in seinem ungekämmten Schopf

Eigentlich hatte ich keinen Jungen gewollt, weil ich nie gelernt habe, mit ihnen umzugehen

Vor allem nicht mit den größeren, mit ihren viel zu

kurzen Haaren und ihrer riesigen Schuhgröße, mit diesen Stimmen, die sich beim Lachen überschlagen und so laut dröhnen können, dass sie alles übertönen

Ich hatte mir noch ein Mädchen gewünscht und beim Ultraschall auf den Bildschirm gestarrt, bis die Ärztin in den wolkigen Formen etwas erkennen konnte

Wollen Sie es wissen?

Nein, sagte ich und wusste seitdem, dass es ein Junge sein würde, und ich beschloss, es Meinemmann nicht zu sagen

Ich wollte nicht, dass es noch mehr von ihm gab, und zugleich schämte ich mich so sehr dafür, dass ich es irgendwann doch erzählte

Gleich sank er in die Knie, legte seine Wange an meinen straff gespannten Bauch und murmelte etwas, ein Gebet oder einen Gruß, ich konnte es nicht verstehen und fragte nach, möglichst zärtlich, weil ich sah, dass er gerührt und dankbar war und dass ich alles richtig gemacht hatte

Aber er hörte mich gar nicht

Er wisperte in meinen Bauch hinein, als ob ich nicht beteiligt wäre

Ich sah über seinen Kopf hinweg nach draußen, wo ein warmer Abend vor den Fenstern stand, lau und dämmrig

Mücken und Motten schwirrten um die Straßenlaternen, sodass man meinen konnte, es schneite

Als Baby war O still und ernst, ich musste mich daran gewöhnen, beim Wickeln um seinen kleinen Schwanz herumzuwischen, aber sonst war alles ähnlich wie bei M

Ich konnte ihn genauso lieben, ihn an mich pressen, bis

er weinte, dann wieder in seinen weichen Bauch prusten, bis er glucksend lachte

Meinmann beobachtete mich, stolz und ein wenig misstrauisch, wie ich bei den Kindern saß, ihre Nähe suchte, an ihnen schnupperte und ihre Essensreste aufaß

Ihn wollte ich nachts nicht in meine Nähe lassen, denn meine Haut wollte nur noch die Kinder, und er beschwerte sich nie

Es ist seltsam, wie man sich einander entwöhnen kann

Irgendwann kauften wir ihnen Schulranzen und applaudierten ihnen beim Ballett, wechselten ihnen nach Fahrrad- und Mofaunfällen die Verbände, ich suchte in den abgedunkelten Zimmern ihre verschwitzten Kleider zusammen und las allein am Küchentisch die Zeitung, während sie draußen mit ihren Freunden an der Bushaltestelle saßen und mit ihren Handys spielten

Ich jagte ihnen nicht hinterher

Aber ich versuchte, taktvoll in der Nähe zu sein, wenn sie gegen Mittag in alten T-Shirts vor dem Kühlschrank standen und überlegten, was sie frühstücken sollten

Als O eine Flasche Limo über seinem Laptop verschüttete, steckte ich ihm Geld für einen neuen zu

Alles war selbstverständlich, andere erzählten die gleichen Geschichten, und niemand zweifelte daran, dass ich alles tat, was nötig war

Auch Meinmann benahm sich so, wie ein etwas altmodischer, liebevoller und strenger Vater sich zu benehmen hat

Genauso selbstverständlich war, dass sich in seinen Blick ein feiner, aber deutlicher Widerwillen schob, wenn ich mich auf meiner Seite des Ehebettes zur Leselampe hindrehte

Oder wenn ich aus der Dusche kam und mich gleich fest in meinen dunkelroten Bademantel wickelte, den er mir geschenkt hatte

Oder dass ich immer stiller wurde, wenn unsere Freunde sich über einem Glas Wein in die Haare gerieten

Und auch, dass mein Haar strähniger wurde und an manchen Stellen ausfiel, nicht so, dass man es sofort bemerkte, aber sie lichteten sich, nur gut, dass ich Locken habe, da fällt es nicht so auf

Ich versuchte, Meinemmann alles zu erklären

Die Müdigkeit nach einem Tag voll hoher Stimmen und umgestoßener Saftgläser

Den schweren Körper

Die trägen Gedanken, die sich nicht mehr aufpolieren ließen, wenn sie doch hätten leuchten sollen, um eine Gesellschaft zu erheitern

7.

Als ich ruhig auf dem Sofa liege, das Gesicht zur Decke, die Arme links und rechts neben meinem Körper ausgestreckt, höre ich Stimmen vor der Wohnungstür

Die dunkle, ein wenig dröhnende Stimme Meinesmannes und ein helles Lachen

Sofort versteifen sich meine Arme, ich reiße die Augen auf und warte, was passieren wird

Noch nie hat Meinmann Besuch mitgebracht, ich habe hier noch nie Besucher empfangen, Meinmann ist mein einziger Besuch, falls man es so ausdrücken kann

Ich will mich aufrichten, aber meine Beine sind nun auch steif und schwer, und ich liege still und warte

Es kann ja sein, dass Meinmann eine Nachbarin im Treppenhaus getroffen und noch ein wenig geplaudert hat

Aber schon höre ich seinen Schlüssel im Schloss

Die beiden Stimmen, gerade noch entfernt und gedämpft, hallen nun im Flur wider

Wenn ich nicht aufstehe, wird Meinmann mich für störrisch halten, und der Besuch mich für unhöflich: Ich kann nicht einfach wie eine Betrunkene ausgestreckt auf dem Sofa warten, bis sie mich finden

Keine Zeit mehr, mich aufzusetzen, schon stehen sie

im Wohnzimmer, haben mich aber noch nicht gesehen (jedenfalls tut Meinmann so, als gäbe es mich nicht)

Schau mal, dieser Blick über die Dächer der Stadt, sagt er

Ich höre, wie der Besuch rasch drei Schritte in den Raum hinein macht und mich dann entdeckt

Es muss eine Frau sein, ich höre, wie sie nach Luft schnappt

Kurz zögere ich

Ich habe nicht viele Möglichkeiten, die Besucherin ist unvorbereitet, und ich kann mich nun rasch aufsetzen, mir durch die Haare fahren, mit einem Scherz ihre Verlegenheit auflösen und sie von Herzen willkommen heißen

Oder ich bleibe liegen, schließe die Augen und überlasse Meinemmann die Situation

Während ich noch stumm auf dem Rücken liege und die Augen geschlossen halte, um zu überlegen, höre ich zwei, drei rasche Schritte, und schon kniet sie neben mir auf dem Teppich

Verzeihen Sie, murmelt sie, das ist mir so unangenehm, er hat gar nicht erzählt, dass jemand sich hier aufhält, wie kann ich Ihnen das erklären?

Ihr Gesicht nah an meinem, ich spüre ihren Atem, öffne langsam die Augen und schaue direkt in ihren besorgten Blick

Sie ist jung, so wie ich es vermutet habe, hat graue Pupillen, und das Weiße ist so klar wie Porzellan

Ich wende den Blick ab und richte mich langsam auf, als sei ich eine Genesende, die nach langer Krankheit gleich ihre ersten Schritte tun wird

Meinmann öffnet in der Küche den Kühlschrank

Merkwürdig, dass er mich der jungen Frau überlässt, ohne uns einander vorzustellen

Ich setze mich zurecht, ziehe meine Bluse glatt, während die Frau immer noch vor mir kniet

Ich schaue hinunter auf ihren Schopf, sie hat den Kopf gesenkt, als müsse sie sich sammeln

Nun sehe ich, dass sie schwarz gekleidet ist, ihre weiche schwarze Hose bauscht sich um ihre Knie, und das schwarze Herrenhemd, das sie darüber trägt, hat sie an den Ärmeln hochgekrempelt

Meinmann mag dunkle Kleidung nicht, und auch ich besitze kaum dunkle Sachen, nicht weil er es mir verboten hätte, sondern weil sich unser Geschmack darin trifft wie in vieler Hinsicht

Ich räuspere mich und fange endlich an zu reden, so wie es sich gehört

Sie haben mich bei einem Nickerchen erwischt, sage ich und lache ein wenig, das passiert mir immer wieder, dass ich kurz ausruhen möchte und dann einschlafe, ich schlafe nachts schlecht, wissen Sie, dann holt es sich der Körper am Tag zurück

Unsere Blicke lösen sich, wir finden zurück in die Höflichkeit

Sie rafft ihre weiten schwarzen Hosen zusammen, steht auf und tritt ans Fenster, während sie mir über die Schulter zuruft, ja natürlich, das kenne ich, ein guter Platz für eine Pause, sicher sind Sie zur Erholung hier, eine Ferienwohnung, habe ich gehört

Sofort verstehe ich, welche Geschichte Meinmann sich ausgedacht hat, und weil er immer noch nicht aus der

Küche zurückkehrt, nicke ich freundlich und erkläre der Frau, wie gut ich mich hier erhole und dass die Lage der Ferienwohnung mich jeden Tag aufs Neue begeistert

Da tritt Meinmann mit einem kleinen rot lackierten Tablett zwischen uns, er hat drei Gläser bis zum Rand mit Sekt gefüllt und lacht uns an

Ihr habt euch ja schon bekannt gemacht

So kann man es auch sagen, scherze ich und reiche der Frau ein Glas

Weder der Gast noch ich zeigen uns im Geringsten irritiert, wir heben die Gläser, und wenn die Frau eine leere Wohnung und einen wilden Nachmittag erwartet hat, verbirgt sie ihre Enttäuschung hinreißend

Aber auch ich fühle mich weder überrumpelt noch provoziert

Ich mustere die Frau, meinen ersten Besuch hier oben, mit ruhiger Neugier, lange habe ich niemanden außer Meinemmann gesehen, und dieser Frau habe ich in die Augen geschaut

Sie ist nur wenig älter als meine Tochter, und ich glaube nicht, dass Meinmann mit ihr angebandelt hat

Aber natürlich weiß ich nichts Genaues, so wie auch sie nicht ahnen kann, wie wir zueinander stehen

Dann fällt mir plötzlich ein, dass ich mir vorhin noch einen Geliebten gewünscht habe, einen Dritten im Bunde, jemand nur für mich

Vielleicht hat Meinmann dafür gesorgt, dass auch dieser Wunsch in Erfüllung geht, denke ich, aber Meinmann ist nicht Gott, er kann nicht ahnen, was ich mir heute Morgen gewünscht habe, und es würde mir die Freude an diesem Besuch verderben, wenn er sie für mich ausgesucht hätte

Auf die Ferien, sage ich rasch und stoße noch einmal mit ihnen an, Ferien könnten ewig gehen, finden Sie nicht

Bevor die junge Frau mich fragen kann, wie lange ich noch bleibe und wohin mich meine Reisen danach führen werden, greift Meinmann ein

Ich sehe ihm an, dass ich ihn beeindruckt habe, weil ich mich nicht habe überrumpeln lassen, und nun muss er es mit der jungen Frau wiedergutmachen

Ich wollte Ihnen einfach rasch die Möglichkeiten zeigen, sagt er und räuspert sich, wenn Sie am Institut Gäste haben, wäre dies sicher eine Option, die Universität kann man sogar von hier aus sehen

Man könnte ihr sogar aufs Dach spucken

K sucht immer wieder Zimmer und Wohnungen für Referenten und Gäste, erklärt mir Meinmann, und ich konnte hier niemanden erreichen, deswegen sind wir einfach rasch vorbeigekommen

Er zwinkert mir zu, aber ich bleibe ernst und frage K nach ihrer Arbeit

Wie eine Maklerin geht sie zwischen den Möbeln herum und erzählt von den Besuchern und den Vorträgen, die sie halten, und dass sie sich immer, wenn es terminlich möglich ist, in die Seminare setzt und zuhört, denn sie lernt immerzu Neues von diesen Menschen, die aus der ganzen Welt in unsere kleine Stadt strömen, die Stadt hat sich verändert und geöffnet, so wie wir alle uns ständig verändern, aber das brauche sie mir ja nicht zu erzählen, denn ich sei ja selbst auf Reisen und habe sicher schon viel gesehen

In ihren schwarzen fließenden Kleidern scheint sie mir wie eine Regisseurin, oder eine Dirigentin, die die Menschen in Wellen und Strömen durch unsere Stadt schickt, sodass alles und alle miteinander in Berührung kommen

Hier oben wäre ein guter Platz für sie, denn sie hätte alles im Blick und könnte ihre Komposition dirigieren, in einem schwarzen, schmalen Kleid und mit einem Stab in der Hand

Sie müsste nicht mehr in Hörsälen und Büros sitzen, sondern könnte von hier oben alles hören, die Gesänge und Vorträge, das Gemurmel, das über den Straßen der Stadt liegt wie ein zweiter Raum oder ein dritter, vierter

Ich wende mich an Meinenmann, blinzele ihn nachdenklich an

Davon habe ich Ihnen noch gar nicht erzählt, sage ich, es kann sein, dass ich länger hierbleibe, denn es gefällt mir hier in der kleinen Stadt, ich möchte noch eine Weile an einem Ort leben, den ich vom Fenster aus ganz und gar übersehen kann, das wird so schnell nicht wieder möglich sein

K nickt, das kann sie gut verstehen, auch sie lebt ungern in Städten, in denen man sich verläuft und verliert, und hier weiß sie immer genau, wohin sie gehen muss, um interessante Erfahrungen zu machen

Sehen Sie, sage ich, da unterscheiden wir uns

Ich muss nirgendwo hingehen, um interessante Erfahrungen zu machen

Wir lachen alle drei, als hätte ich einen Scherz gemacht

Was machen Sie denn beruflich, fragt K, eine Frage,

die ich früher gefürchtet habe, weil ich mich sofort schämte (niemals hätte ich mich als Hausfrau bezeichnet)

Ich war keine Hausfrau

Ich hatte Projekte an der Hand

Ich war freiberuflich tätig, das war eine gute Antwort, denn niemand fragte nach

Aber nun fällt mir eine bessere Antwort ein, für die ich mich nur ein wenig schäme

Ich schreibe, wissen Sie, sage ich, und dafür ist die Umgebung sehr wichtig, ja sogar entscheidend, wie Sie sich vorstellen können

Während Meinmann verdutzt abwartet, wie ich weiter vorgehen will, geht über Ks Gesicht sofort ein Strahlen

Ich kann es mir gar nicht vorstellen, sagt sie, aber das ist ja gerade das Schöne, es gibt Dinge, die wir uns nicht vorstellen können, und eben dafür brauchen wir die Künstlerinnen

Ich überlege noch, was ich antworten könnte, aber da räuspert sich Meinmann, der meine künstlerische Ader, wie er das nannte, doch früher immer mit großer Begeisterung gelobt hat, und sagt in meine Richtung, wir können das sicherlich gut abstimmen, Sie teilen mir einfach Ihre Pläne mit, und entsprechend können wir dann reagieren

Wir schauen uns an und nicken uns zu, professionell und angemessen kühl, während K ihr Glas auf dem Sofatisch abstellt, ihre schwarze Bluse zurechtzupft und vielleicht schon überlegt, welchen ihrer Gäste sie mit meiner Wohnung erfreuen könnte, mit der Wohnung einer Künstlerin, einem Ort der Inspiration und Schaffensfreude, und anders als sonst bin ich heute eindeutig die Hausherrin, die Gastgeberin, längst nicht mehr verschlafen und still, sondern so wie K eine Komponistin, zuständig für Ausblick, Überblick, Variation und Höhe

Als sie sich nun anschicken zu gehen, vermeide ich den Blickkontakt mit Meinemmann

Er hat mich nicht um Erlaubnis gefragt, ob er K hierherbringen darf, und so frage auch ich ihn heute nichts

K bedankt sich, und auch Meinmann bedankt sich, beide entschuldigen sich noch einmal, beide verabschieden sich

K fragt noch, wann denn ein Buch von mir erscheine, denn sie würde sehr gern etwas von mir lesen

So dauert es eine Weile, bis wir die passenden Sätze hin- und hergesprochen haben

Ich bin ein wenig aus der Übung, aber das merkt niemand

Jedenfalls wickeln wir die Verabschiedung perfekt freundlich ab, ich drücke sogar K noch die Hand, obwohl mir die Geste in dem Augenblick, in dem ich ihr die Hand hinstrecke, seltsam altmodisch vorkommt, fast ein wenig schamlos, aber sie nimmt sie, drückt kräftig, und die trockene Wärme ihrer Handfläche gefällt mir so, dass ich mir fast eine Umarmung gewünscht hätte

Schön haben Sie es hier, sagt sie noch einmal, obwohl eigentlich alles gesagt ist, und ich sage leise, sodass Meinmann es vielleicht nicht hört, ich überlege sogar, ob ich mich hier einkaufen soll, stellen Sie sich vor

K schnalzt mit der Zunge, tritt einen Schritt zurück und betrachtet mich noch einmal mit frischer Neugier

Sie kennt die Preise in der Stadt (wer hier etwas kaufen kann, in dieser Lage, der hat ausgesorgt)

Sicher hat sie einer Künstlerin solch einen Schachzug nicht zugetraut, wahrscheinlich glaubt auch sie, so wie die meisten Menschen, dass man arm und hungrig sein muss, um schreiben zu können

Kommen Sie doch einmal zu einer unserer Veranstaltungen, sagt sie, und es klingt wie eine Belohnung, unser Programm ist sehr anspruchsvoll, und sie winkt mir noch einmal zu, während sie an der Seite Meinesmannes aus der Tür geht

Ich bin auch sehr anspruchsvoll, denke ich, seit heute bin ich Künstlerin und Herrin einer Immobilie in bester Lage, ich kann Besuch empfangen und Meinenmann wegschicken, morgen wünsche ich mir von Meinemmann eine lockere schwarze Bluse und eine schwarze Hose mit Schlag

Und wenn ich mich abends langweile, gehe ich zu Ks Vorträgen und mache Erfahrungen

Das liegt doch auf der Hand

Am nächsten Morgen fällt mir ein, dass ich mir doch eigentlich einen Liebhaber gewünscht habe statt eines neuen Berufs

Die wenigsten Liebhaber kämen infrage, weil kaum jemand trockene Hände hat (mit feuchten Fingern darf mich niemand anfassen)

Ks Hand war so trocken, dass sich unsere Handballen aneinander gerieben haben wie Schleifpapier, vielleicht sollte ich sie in Erwägung ziehen

Ich mache mir einen Kaffee, den ich ganz gegen meine

Gewohnheit schwarz trinke, weil die Milch gekippt ist, und setze mich an den Schreibtisch

Die fünfte Geschichte

Ganz wichtig ist mir, sagt Tom und beugt sich vor, dass wir Männer uns nicht als Opfer fühlen dürfen. Man will uns einreden, wir wären an allem schuld, verstehst du? Allein schon dieser Plural: die Männer. Das kann ja gar nicht sein. Oder hast du jemals einen Mann wie mich getroffen? Ich lasse mich über keinen Kamm scheren.

Die kleine schmutzige Frau schließt die Hände um ihren Kaffee und schaut ihn aufmerksam an.

Du kannst ruhig deine Meinung sagen, sagt Tom, ich meine damit ja nicht, dass Frauen den Mund halten sollen. Aber wenn alles, was herauskommt, immer nur Vorwürfe sind, dann können sie von mir aus ruhig die Klappe halten.

Die Frau senkt den Kopf und bläst auf den heißen Kaffee. Dafür, dass sie sich gerade erst kennengelernt haben, ist sie sehr schweigsam, aber vielleicht hat er sie auch eingeschüchtert mit seiner Philosophie. Das ist ihm allemal lieber als dummes Geplapper, und damit es nicht allzu still wird, redet er einfach weiter.

Ich habe meine Erfahrungen gemacht, sagt er, und irgendwann geht dabei die Freiheit verloren, verstehst du. Frauen haben inzwischen alle Freiheiten, die sie jemals wollten. Und uns Männer haben sie an Ketten gelegt, damit wir uns nicht mehr rühren können.

Nun übertreibt er absichtlich, um sie ein wenig aus der Reserve zu locken, denn wenn sie immer nur vor sich hin schaut, können sie keinen Kontakt aufnehmen, und deswegen sitzen sie doch hier, eine Verabredung sollte immer ein klares Ziel haben, und wenn es nur ein wenig Gesellschaft an einem langen Nachmittag ist. Aber sie sieht gar nicht aus, als wolle sie Gesellschaft, vielleicht hat er sich ja geirrt, als er sie vorhin angesprochen hat, weil sie so verloren aussah, wie sie da vor dem Schaufenster der Buchhandlung stand und die Berglandschaft aus Pappmaschee musterte, in deren Täler Wanderführer und Reiseratgeber gebettet waren. Mit ihrer ausgefransten Wolljacke und den schweren Schuhen sah sie selbst aus, als käme sie gerade aus den Bergen, und das hat er sie auch gleich gefragt. Er spricht eigentlich auf der Straße keine Unbekannten an, und Frauen schon gar nicht, weil die sich meistens sofort wehren, als hätte er sie unsittlich berührt. Das ist es ja, was er gemeint hat vorhin, man darf die einfachsten Dinge nicht mehr sagen, überall diese Empfindlichkeit, und die Regeln der Höflichkeit sind vergessen.

Er hätte gleich wissen können, dass er sich einen schweigsamen Fisch gefangen hat, die Frau wandte sich langsam ihm zu und musterte ihn, als hätte er sich auf eine Stelle beworben, aber dann antwortete sie doch, ihre Stimme dunkel und geduldig.

Ich wäre gern dort, sagte sie, und diese rätselhafte und entgegenkommende Antwort, die ihm wie eine Einladung erschien, gefiel ihm so gut, dass er sie gleich auf einen Kaffee einlud. Zum Glück war das nächste Café direkt um die Ecke, denn sie lief schweigend neben ihm her, mit einem wiegenden Gang, der sicher von den Wanderschuhen herrührt, obwohl sie so klein ist, dass die Schuhe fast zu schwer an ihren dünnen Beinen scheinen.

Als sie an einem Tisch gleich neben dem Eingang Platz genommen hatten, streckte sie die Beine ein wenig von sich, wie es sonst nur Männer machen, er wunderte sich immer mehr über sie und fing gleich ein Gespräch an, damit sich bald herausstellte, ob etwas mit ihr anzufangen war.

Und nun schaut sie ihn an, nicht als überlege sie, ob Männer heutzutage an Ketten liegen, sondern ob sie aufstehen und davongehen soll, was bedeutet, dass sie die Spielregeln nicht kennt. Das Spiel geht so, dass jeder seinen Einsatz zahlt, und wenn er den Kaffee spendiert, dann muss sie ihm ihre Anwesenheit schenken, so einfach ist das. Dazu gehört auch, dass sie als Paar am Kaffeetisch einen erfreulichen Anblick bieten sollten. Unwillkürlich greift er über den Tisch und streicht ihr die Haare aus der Stirn, die sich seltsam feucht anfühlen. Sie zuckt zurück, als wolle er ihr etwas Böses.

Hör mal, sagt er und lehnt sich seufzend zurück, jetzt entspann dich doch. Was ist denn nur los?

Sie ist überall dreckig, nun sieht er es plötzlich. Unwillkürlich rückt er etwas vom Tisch ab und stößt dabei gegen eines der verschnörkelten Metallbeine, der Kaffee in ihrer Tasse schlägt hoch und schwappt ihr auf die Finger, und sie stößt einen kleinen Laut aus, eine Art Jaulen oder Kläffen, das ihn vollends aus der Fassung bringt. Er reißt eine Handvoll Servietten aus dem Spender zwischen der Zuckerdose und der Speisekarte und wirft ihr die Tücher hin, gleich noch mehr davon, bis sie umgeben ist von auseinandergerissenen Papierservietten, mach dich sauber, ruft er und springt auf, gut, dass er vorhin schon bezahlt hat, er muss weg von hier, schon schauen die Leute von den anderen Tischen herüber, mitleidige Blicke, wie immer urteilen die Leute, ohne die Situation zu begreifen, sie sehen einen Mann, der eine Frau anschreit, die sich ungeschickt die Hände abtupft, weil sie nichts dafürkann, und das hat er oft genug erlebt, dass die Frauen sich an den Scherben schneiden, nachdem sie vorher alles in Stücke geschlagen haben. Er muss auch zurück ins Büro, sicher warten sie auf ihn, sie haben einen großen Auftrag, ein Kulturzentrum in einem schwierigen Stadtteil, genau das Richtige für ihn, eine wichtige Aufgabe, anders als dieses sinnlose Gerede über lauwarmen Kaffee mit einer Frau, die ihn und den Rest der Welt anklagt, weil sie allein nicht auf sich achtgeben kann, aber er wird das nicht übernehmen, im Büro hat er genug um die Ohren, er hat gar keine Zeit für solch eine Frau und hat sich nichts vorzuwerfen, denn verbrüht hat sie sich sicher nicht.

Er drängt sich zwischen den Tischen durch und geht eilig davon, ohne sich umzudrehen, es gibt ja auch nichts zu sehen, nur eine Frau vor einer leeren Tasse und einem Berg zerknüllter Servietten, dabei hätte es eine freundliche Stunde in der Sonne werden können, ein ruhiges Gespräch, ein Gedankenaustausch, ihre Hände hätten sich berühren können, und es hätte passieren können, was eben passiert, wenn sich Erwachsene ein wenig zu lang in die Augen blicken, aber sie hat ihn ja noch nicht einmal angeschaut. Da hört er hinter sich seinen Namen, Tom, ruft sie und holt auf, und damit hat er nun gar nicht gerechnet.

Er geht zügig weiter, als höre er sie nicht, ihre dunkle, ein wenig raue Stimme und die festen Schritte hinter ihm auf dem Kopfsteinpflaster. Sie spielen nun ein neues Spiel, Fangen könnte man es nennen, oder Hasch mich, und sie hat damit angefangen. Weil sie überraschend flink ist, holt sie gleich auf, und er muss kräftig ausschreiten und dabei immer wieder Leuten ausweichen, Kinderwagen, Spaziergängern mit Einkaufstaschen, er schlägt Haken, die rasche Bewegung und das Gefühl, verfolgt zu werden, berauschen ihn, im Laufschritt eilt er durch die Einkaufsstraße, ohne sich umzudrehen, sie ist immer noch direkt hinter ihm. Er stellt sich vor, wie sie die Hand nach ihm ausstreckt und ihn fast an der Jacke berührt, wie ihre Augen weit aufgerissen sind, wie sie immer wieder seinen Namen ruft, sie hat begriffen, dass sie seine Nähe braucht, dass sie froh sein kann, wenn sie bei ihm ist, denn so, wie sie ist, wird nicht jeder ihren Anblick ertragen, aber umsonst gibt es mich nicht, denkt er, du musst dir meine Nähe verdienen, du musst dich ein bisschen mehr anstrengen als vorhin, nur stumm dasitzen und sich einladen lassen, das ist schon fast eine Beleidigung. Sein Atem geht schnell, aber er ist gut trainiert und wird sich diesen kleinen Lauf nicht anmerken lassen, während sie sicher schon längst keucht und schnauft, vielleicht kleben ihr die Haare längst in der Stirn, und wenn er gleich langsamer wird, kann er sich umdrehen und sehen, wie sie mit schlenkernden Armen auf ihn zugerannt kommt, atemlos und bedürftig.

Weit ist es nicht mehr bis zum Büro, vorher wird er sich nicht umdrehen, noch ein Block, noch bis zur Laterne, dann bleibt er stehen. Hinter ihm ist es still. Langsam dreht er sich um; die Frau ist zurückgefallen und hat aufgehört zu rennen, ihre Wangen sind ein wenig gerötet, aber nicht sehr. Mit erhobenem Kopf kommt sie auf ihn zu, stolz sieht sie aus, ein wenig abweisend und dreckiger, als er dachte, aber immerhin ist sie hier. Er kann sie nicht in die Arme schließen, und auch sonst gibt es keine Spielregeln.

Auf einmal kommt er sich lächerlich vor und schaut auf die Uhr.

Zeit zu arbeiten, sagt er heiser, du kannst gern mit hochkommen, und schon steigen sie hintereinander die Treppen hoch in den dritten Stock, wo es nach frischem Kaffee riecht und die Kollegen sich um den neuen Entwurf scharen, der in der Mitte des Raumes auf dem Präsentationstisch ausgerollt ist.

Niemand schaut hoch, als sie die Glastür aufstoßen, Tom

räuspert sich und schiebt sich zwischen zwei Kollegen, und die Frau stellt sich ans andere Ende des Tisches und beugt sich stirnrunzelnd über die Bögen. Wenn sie gleich in das nächste Spiel einsteigen will, bitteschön, es wird nur eine Sache von Minuten sein, bis die anderen sie ansprechen und bitten werden, den Raum zu verlassen, zurück dorthin, wo sie herkommt, wo auch immer das ist, jedenfalls ist sie keine Architektin, das sieht jeder, der Augen im Kopf hat, und hat hier nichts zu suchen. Seine Kollegen tragen allesamt graue oder schwarze Hemden, so wie er, und gut geschnittene, eng anliegende Hosen, nur Susanne, die neue junge Architektin frisch von der Hochschule, leuchtet mit ihrer schneeweißen Bluse wie ein Schäfchen auf einer dunklen Klippe, und die Frau mit ihrer zotteligen Strickjacke wird schon merken, dass für sie unter diesen Experten mit den akkuraten Haarschnitten kein Platz ist, sie kann nicht einfach hereinstürmen und so tun, als hätte sie eine Ahnung von den wichtigen Entscheidungen, die hier und jetzt gefällt werden müssen, Entscheidungen von großer Tragweite, die bald gebaut werden, sichtbar in einer Welt, in der man die Spielregeln berechnen kann, wenn man es gelernt hat. Susanne hat sehr gut gelernt, ihr Diplom hat sie mit Auszeichnung bestanden und ist darum auch gleich in das Projekt aufgenommen worden, und sie weiß, wie man sich benimmt, jedenfalls reicht sie der kleinen Frau neben sich höflich die Hand, Susanne, sagt sie, ich bin neu hier, und Sie sind vom Kulturrat, stimmt das? Bevor die schmutzige Frau nun auch noch anfängt zu lügen, muss Tom sich einschalten, damit die Sache nicht völlig aus dem Ruder läuft, nein nein, sagt er, sie recherchiert nur. Ach so, macht Susanne, also wenn Sie Fragen haben, können Sie jeden von uns ansprechen.

Danke, sagt die kleine Frau und bleibt einfach dort stehen, wo sie ist, sie hebt nicht den Blick, obwohl Tom sie herausfor-

dernd anstarrt, und als die Kollegen das Gespräch wieder aufnehmen, nickt sie kaum merklich und schaut interessiert von einem zum anderen. Auf einmal scheint es ihm denkbar, dass sie doch vom Fach ist, auch wenn sie nicht so aussieht, aber darauf ist kein Verlass. Oder sie hat sich ihm angeschlossen, um sich in dieses Büro einzuschmuggeln, das in der Stadt bekannt ist, Interviews in der Zeitung nach dem ersten Preis bei der großen Ausschreibung, Podiumsdiskussionen über die Zukunft der Stadt, eine vielversprechende Zeit ist angebrochen, und so mancher will zu ihnen gehören, den Entscheidern und Gestaltern. Vielleicht hat sie einen Bericht gelesen, es gibt Menschen, die an Beerdigungen fremder Leute teilnehmen oder sich ohne einen Cent in der Tasche in ein Grand Hotel einschleichen. Misstrauisch beobachtet er sie nun, wie ihre grünen Augen hin und her wandern von einem zum anderen, wie sie die Hände in die Hüften stemmt und aufmerksam die Diskussion verfolgt, als verstünde sie etwas von Statik und Dämmung, und wenn sie nur lange genug hier steht, wird man sie anschließend selbstverständlich einer der Arbeitsgruppen zuteilen, vielleicht sogar seiner, und ihr Aufgaben übertragen, also sollte er eingreifen, bevor es zu spät ist. Da sie ihren Namen ja nicht verraten hat und er ihren Blick nicht einfangen kann, geht er leise um den Tisch herum und tippt ihr von hinten auf die Schulter.

Zeit zu gehen, murmelt er, kommst du bitte? Als sie zögert, drängt er sie sanft in die zweite Reihe und in Richtung Tür. Sie sträubt sich nicht, und doch hat er das Gefühl, er müsse eine zähe Masse aus dem Raum entfernen, die an den Möbelstücken festklebt und in alle Richtungen Fäden zieht, und dass sie sich schon mit den anderen verbunden hat, sieht man daran, dass sich alle zu ihr umdrehen und ihr zunicken, Susanne ruft sogar, sie solle sich gern noch einmal melden. Er ist froh, dass er recht-

zeitig bemerkt hat, wie kühn sie sich hier Zutritt verschafft hat, Eindringlinge muss man rechtzeitig entfernen, sonst wird man sie gar nicht mehr los, so wie die Motten in seiner Einbauküche, die seine letzte Freundin mit ihren Mehl- und Reistüten eingeschleppt hat.

Aber als sie unten vor dem Eingang stehen, ist ihm auf einmal beklommen zumute. Mit hängenden Armen wartet sie neben ihm, und das ist es ja, was er vorhin meinte, ihre Haltung hat etwas Anklagendes, er soll sich schuldig fühlen, dass er sie aus dem Büro getrieben hat, darauf läuft es immer hinaus. Er sucht nach Worten, was soll er nur sagen, mal wieder fühlt er sich in die Enge getrieben, und wenn sie nun einfach ginge, könnten sie die Sache rasch hinter sich bringen. Ratlos und verärgert schaut er auf die Frau hinunter, die so klein gar nicht ist, und gerade als er kurz davor ist, sie barsch zur Seite zu schieben und davonzueilen, weil ihm einfach nichts mehr einfällt in dieser verfahrenen Lage, mit dieser kleinen halsstarrigen Frau und ihrer gefährlichen Taktik, mit der sie sich vermutlich nicht nur in seinem Leben einzunisten versucht hat, gerade in diesem Moment schaut sie ihn an und sagt, habe ich mich sehr danebenbenommen?

Ihre Augen sind grün und weit aufgerissen, und obwohl er immer noch auf der Hut ist und sich nicht von fleckigen grünen Augen einlullen lässt, hat sich seine Wut sofort verflüchtigt. Wenn sie bemerkt hat, dass sie zu weit gegangen ist, dann wird er sie nicht noch zusätzlich belehren, wichtig ist ja, dass sie begreift, wo die Grenzen sind.

Weißt du, sagt sie noch, es hat mich sehr interessiert.

Wirklich? Tom starrt sie an, diese kleine Person, die sich anscheinend für Städtebau interessiert, aber vielleicht ja doch auch für ihn, oder für ihn als Städtebauer, man kann ja die Le-

bensaufgabe nicht von der Person trennen, findet er, nur verstehen das viele Frauen nicht, die sich langweilen, sobald er ihnen seine Arbeit erklärt und von der letzten Ausschreibung erzählt, aber bei dieser Frau ist es gerade andersherum, das begreift er auf einmal. Sie ist ihm gefolgt, weil sie seine gestalterischen Möglichkeiten und seine Verantwortung, vielleicht sogar seine berufliche Expertise spürte, oder vielleicht hat sie ja im Vorfeld Erkundigungen eingezogen, alles ist möglich, und nun versteht er auch, warum sie im Café so still war; sie hat eben gewartet, bis das Gespräch endlich darauf kam, und weil er nicht reagiert hat, muss sie natürlich enttäuscht gewesen sein.

Verwirrt steht er da und weiß nicht, was nun der nächste Schritt sein könnte, aber den nimmt sie ihm ab, indem sie sich unterhakt, in welcher Planungsphase seid ihr denn? Während er wie befreit losspricht, von der Arbeitsgruppe erzählt, von Problemen mit dem Denkmalschutz und der Statik, schließlich vom Kulturrat und den vielen Leserbriefen in der Zeitung, weil dies eben ein Projekt von großem öffentlichem Interesse ist, umschließt er ihre Hand fest, als könne sie ihm noch entwischen, und führt sie geradewegs zu seiner Wohnung, wo sie am frühen Nachmittag sofort ins Bett gehen und dort, als hätten sie alle Zeit der Welt, miteinander so lange über Planungsfehler, Gewerke und den möglichen Baubeginn sprechen, bis ihre Körper nicht mehr länger abwarten können und sich ineinanderschieben, als seien sie mit unglaublicher magnetischer Kraft ausgestattet, die auch dann nicht nachlässt, als Tom längst schon wieder zur Seite gerollt ist und sich ein Kissen unter den Kopf schiebt, während er mit der anderen Hand vorsichtig den Dreck aus ihrem Nabel kratzt und zu kleinen Röllchen reibt, die aussehen wie die Späne eines Radiergummis.

Dreck ist eigentlich auch nur Haut, flüstert er ihr ins Ohr, aber sie ist schon eingeschlafen, und nun kommt es darauf an, sie ausruhen zu lassen, damit sie Vertrauen fasst, und wenn sie ausgeschlafen hat, wird er sie in all seine Projekte einweihen, die gebauten und die ungebauten, und er wird darauf achten, mit welcher Hingabe und Unbedingtheit sie sich in die Materie eindenkt, natürlich nur im Rahmen ihrer Möglichkeiten. Während er sie anschaut, zusammengerollt unter seiner Decke, die Hände unter die Schläfe geschoben, die wirren Haare wie ein buschiges Tier auf dem Kopfkissen, begreift er nicht mehr, wie er sie vorhin für einen Eindringling hat halten können; viel zu wehrlos liegt sie hier auf der Seite, ihm völlig ausgeliefert, und erst wenn sie aufwacht, wird sie wissen, dass sie an einem sicheren Ort ist, an dem man die Augen schließen und still sein kann. Man soll nicht zu weit vorausdenken, aber zumindest bis morgen Abend wird er wohl planen dürfen, denn dann könnte er sie mitnehmen zum Meeting, wo sich die alle treffen, jemand stellt ein neues Projekt vor, und sie tauschen sich aus. Sie könnte vorher zum Friseur gehen und sich die Haare kurz schneiden lassen, Form gehört zum Beruf, strenge Entscheidungen, auch was die eigene Person angeht, das wird er ihr klarmachen müssen. Natürlich kann jeder herumlaufen, wie er will, aber eine Eintrittskarte ist das nicht, und wenn sie in seinem Feld unterwegs sein will, wird er ihr die Spielregeln erklären, die viel mit Schönheit zu tun haben und noch mehr mit Konsequenz. So wie sie jetzt daliegt, riecht sie nach Haut, Heu und Kinderschweiß, und bevor sie morgen früh alles spurlos abwäscht und die neue schwarze Bluse überstreift, die er ihr kaufen wird, bevor sie aufwacht, schmiegt er sich noch einmal dicht an sie, ihr Körper ist sicher ein Grad wärmer als seiner, vielleicht hat sie Fieber, und genau dieser Gedanke gefällt ihm, er stellt sich vor, wie sie fiebert und schwitzt, und er kühlt ihr die Stirn, ihr Körper dampft, bis ihre Haut durchsichtig und ihre Augen klar und weiß geworden sind, mit denen sie ihn neu ansieht, wie zum ersten Mal, und mit diesem Gedanken schläft er ein.

Als er morgens vom Kaufhaus zurückkommt, die lackierte Tüte mit einer schwarzen Bluse und einer anthrazitfarbenen Schlaghose unter dem einen Arm, ein warmes Baguette unter dem anderen, kann er es kaum erwarten, in ihr ausgeschlafenes Gesicht zu schauen, ihr die Architektenkleider aufs Bett zu legen, während in der Küche der Espresso aufkocht, und ihr dann zuzuschauen, wie sie ihren nackten sauberen Körper in eine neue Schale kleidet, die sie verwandeln wird in eine Kollegin, eine Partnerin auf Augenhöhe, eine Expertin, mit der Bluse ist ein Anfang gemacht, es ist ein Angebot, und dass er sich überhaupt all diese Gedanken macht, wird sie freuen, sie wird begreifen, wie viel ihm an ihr liegt, und vielleicht könnten sie sich dann kennenlernen.

Aber sie will einfach nicht aufwachen. Der Espresso ist längst fertig und köchelt vor sich hin, die Zeitung hat er durchgesehen, zwei Stücke Baguette heruntergeschnitten, gleich wird er aufbrechen müssen, und er wird sie nicht einfach hier schlafend zurücklassen, schließlich will er ihre Freude nicht verpassen und will der Erste sein, der sie in der neuen Schale bewundert, Bewunderung ist gestern zu kurz gekommen, aber heute ist er bereit dazu. Er steht vor dem Bett und rüttelt sacht an ihrem Fuß, dann schlägt er die Decke ein wenig zurück und betrachtet ihre Beine, mit denen sie ihn in der Nacht umklammert hat wie ein Faultier den Ast und die weich aussehen und ab dem Knie haarig, und schließlich deckt er sie ganz auf und mustert sie sorgfältig, ihren Bauch, der auf der Seite ruht, die Brüste aufeinandergeschichtet wie zwei Dampfnudeln, ihre kleine Schulter, die ihm entgegenragt, während die andere ins Kissen gebohrt ist, und den knotigen Haarschopf über dem schmalen Gesicht mit den fest geschlossenen Augen.

Willst du mich nicht reinlassen, sagt er leise und ist gleich schon wieder erregt, aber er hat jetzt keine Zeit mehr, und wenn sie nicht aufwacht, dann muss sie eben warten, bis er Feierabend hat. Er legt die Tasche mit den Kleidern vor das Bett, neben ihre umgestülpten dicken Socken und die herumgeschleuderte Unterwäsche, und dass er vergessen hat, sie wieder zuzudecken, fällt ihm erst auf der Fußgängerzone ein, als es zu spät ist, um zur Wohnung zurückzukehren.

Der Tag verläuft ruhig, er arbeitet stetig, steht zwischendurch mit den anderen an der Kaffeemaschine und bespricht die Termine, alle sind aufgeräumt und sprechen nicht durcheinander, und ihm fällt heute auf, wie sorgfältig sie ihre Blusen gebügelt haben und wie langsam die Zeit vergeht, bis er zu Hause nachschauen kann, was aus der kleinen schmutzigen Frau geworden ist – vielleicht hat sie die Kleider ohne ihn schon anprobiert und gleich anbehalten, vielleicht begreift sie sein Angebot und hat schon im Internet nach Fernstudiengängen für Architektur geschaut, aber dann fällt ihm ein, dass sie sein Passwort nicht kennt, und vielleicht hat sie ja auch kein Abitur, aber andererseits wirkte sie nicht bildungsfern, nur ein wenig verzottelt, und ihre Schweigsamkeit könnte Gründe haben, nach denen er heute Abend fragen wird, er will sie ja kennenlernen, er ist keiner von denen, die ihren Spaß haben und dann einen Strich unter die Sache ziehen, er meint es ernst, und die Frauen, die ihm bisher begegnet sind, haben das nicht begriffen, sie haben die Möglichkeiten nicht gesehen, aber das ist doch eigentlich der Kern der Sache, füreinander die Möglichkeiten zu entdecken, so wie er das für seinen Gast schon nach einer Nacht getan hat, einfach weil er nicht anders kann, so ist er gestrickt, ein

Ermöglicher, deswegen ist er ja auch Architekt geworden und nicht Zoopfleger oder Bademeister, wobei ja auch Bademeister, wenn sie gut sind, den Gästen etwas ermöglichen, ein oder zwei gut behütete Stunden im Wasser, Bewegung und Erfrischung, eigentlich, und nun wird er wirklich philosophisch, könnte jeder Mensch diese Aufgabe auf seine Weise übernehmen, sogar die kleine Frau. Vielleicht, denkt er, während er auf dem Bildschirm die Notausgänge überprüft, wird sie ihm Dinge ermöglichen, von denen er heute noch nichts weiß, und nun hat er es auf einmal eilig. Er speichert alles, fährt den Computer herunter, obwohl die anderen noch an ihren Schreibtischen sitzen und kaum hochschauen, als er grüßend das Büro verlässt und durch die Fußgängerzone eilt, durch die sie gestern gerannt sind, sie ihm auf den Fersen, mit roten Backen, als sei sie auf einer heißen Spur, als habe sie etwas erwischt, was sie nun nicht mehr loslassen will, und so geht es ihm ja auch, er will hinein ins Haus, die Treppe hoch und sie umarmen, so fest wie er kann, auch wenn sie noch die alten Kleider trägt, es braucht eben Zeit, sich aneinander zu gewöhnen, und noch während er vor der Wohnungstür nach seinem Schlüssel sucht, spürt er, dass die Wohnung leer ist.

Gestern war ich durcheinander

Der überraschende Besuch und Ks Interesse haben mir geschmeichelt

Es war falsch, den ganzen Tag am Tisch zu sitzen, als hätte ich wirklich eine Aufgabe

Niemand hat sie mir auferlegt, und ich habe es selbst auch nie nötig gehabt

Ich werde mich nicht in altmodische Ideen verstricken

Die Begegnung mit K hat mir ja gezeigt, dass es sich

nicht lohnt, meine Zeit mit anderen Menschen zu verbringen

Sicher hat Meinmann deswegen K zu mir gebracht, um mich daran zu erinnern

Beinahe hätte ich ihn missverstanden, habe von trockenen Händen geträumt, habe mich gegen die Fensterfront gelehnt, mit dem nachdenklichen Blick, den Künstlerinnen auf Fotos gerne in die Ferne richten, es war eine Verlockung, aber sie ist schon vorübergegangen

Heute spüre ich, wie sich eine Schutzschicht um mich gebildet hat, die mich unangreifbar macht

Jeder Gedanke an andere, der in mir aufsteigt, zerrinnt und verfliegt

Es sind nur Erinnerungen

Ich bin allein hier, nichts anderes zählt

Auch die Kinder, die ich einmal im Arm gehalten habe, die mir an der Brust gehangen, sich an meine Hand geklammert und auf meinen Schultern gesessen haben, kann ich mir kaum noch vorstellen

Ich bin nun schon so lange hier, dass der Wunsch, sie zu sehen oder von ihnen zu hören, nach und nach verblasst wie alles, was man eine Weile ruhen lässt

Immer wieder gibt es diese Anflüge von Sehnsucht, nach einer Hand im Nacken, nach einem Gesicht, das sich mir zuwendet, und einem Blick, der mich trifft, nach trockenen warmen Fingern, die über meinen Arm fahren, oder Beinen, die sich um meine schlingen

Aber heute ist mir das alles so fern, als hätte ich es nie erlebt

Nur wenn ich es darauf anlege, gerate ich wieder hinein in unsere kleinen Geschichten, die mir lange heilig waren

Ich sitze mit Meinemmann am See, wir haben eine Decke über die Kiefernnadeln gebreitet und schauen M und O zu, wie sie abwechselnd unter Wasser die Luft anhalten und die Zeit mit ihrer wasserdichten Uhr stoppen

Das Licht steht in schrägen staubigen Bahnen zwischen den Stämmen, und die Rufe der Kinder, erst jubelnd, dann schriller, hallen im Wald wider

Ich lehne mich an den warmen Rücken Meinesmannes, und wir sind uns porentief einig in allem

Was die Kinder angeht, habe ich immer geglaubt, gegen Fehler gefeit zu sein, ich dachte, ich könne mich auf mich verlassen, meine Hände streichelnd, meine Stimme lobend, schlichtend, ermutigend, ich musste nicht nachdenken, Meinmann hielt es genauso, er verachtet Ratgeber und hasst Unterweisungen, und ich mochte seine feste Stimme und seine Sicherheit, wenn er mit den Kindern redete

Erst als sie ihm widersprachen oder unter ihren Kopfhörern verschwanden, während er ihnen etwas erklärte, wurde er ungeduldig

Seine strengen Verweise verwirrten mich

Obwohl es mir unangemessen schien, probierte ich es mit Schärfe, aber niemand nahm sie mir ab, die Kinder nicht und Meinmann schon gar nicht

Er verlangte, ich solle weniger zaudern, es komme in der Erziehung auf Eindeutigkeit an, M und O seien keine Kleinkinder mehr, er wolle sie ernst nehmen und verlange das auch von mir

Nun war ich nicht mehr sicher, ob meine weiche Stimme, all das Einlenken und Aushandeln falsch waren

Aber am See, auf der Decke im Spätsommerlicht, sind wir uns noch einig, noch sind die Kinder klein und wir ein Paar, das genau dort ist, wo es sein möchte, Rücken an Rücken sitzen wir zwischen den hohen rehbraunen Stämmen der Kiefern, und solange ich mich daran erinnere, bleiben wir dort sitzen bis in alle Ewigkeit

Es gibt so viele dieser Momente, locker aneinandergereiht

Die Kinder fast wie Zwillinge, in der Erinnerung werden sie sich immer ähnlicher, schmelzen ineinander

Lange sahen sie sich so ähnlich, die Haare weißblond im Sommer und glänzend hellbraun im Winter, kurz geschnitten mit der Friseurschere, die ich in der Küchenschublade aufbewahrte

Sie hielten still und musterten sich ernst in dem Handspiegel, den ich auf dem Küchentisch vor ihnen aufstellte

Wenn ich bei den Ponyfransen angelangt war, schlossen sie die Augen so fest, dass ich lachen musste

Auch Meinemmann schnitt ich die Haare, an den Schläfen kurz, im Nacken etwas länger, niemand trägt es noch so

Ich mochte es, wenn er vor mir saß, ein Handtuch über den Schultern, den Kopf leicht nach unten geneigt, während die Kinder mit wichtigen Mienen die Strähnen auffegten

Wir schwiegen beide, weil ich mich auf den Schnitt konzentrierte und er vielleicht unter meinen Händen einfach ausruhte

Irgendwann kam er von einer Reise zurück, mit ausrasiertem Nacken, und als er meine Enttäuschung sah, versprach er mir, sich nicht wieder in fremde Hände zu begeben

Er tat es aber doch

Von nun an kam er von jeder Fahrt mit frisch geschorenem Kopf zurück

Irgendwann erwähnten wir es nicht mehr

Er sah nun modischer aus, jede Strähne hatte die korrekte Länge

Auch die Kinder weigerten sich bald, von mir geschnitten zu werden, M ließ sich die Haare wachsen, O ging zum Herrenfriseur wie sein Vater

Ich vermisste das Haareschneiden nicht, ich war immer nervös gewesen, weil man die Fehler nicht wiedergutmachen kann

Aber die Stille am Küchentisch fehlte mir, und das raspelnde Geräusch der gut geschliffenen Schere, die all die Jahre über immer scharf blieb

Seit ich hier oben bin, hat mir niemand mehr die Haare geschnitten

Sie sind lang geworden, bis auf die Schultern, und an den Enden strähnig

Ich könnte ab und an hinuntergehen und sie mir schneiden lassen, ich habe sogar schon darüber nachgedacht, selbst Hand anzulegen, in der Schublade neben dem Herd gibt es eine Küchenschere

Oder ich könnte Meinenmann bitten, die Friseurschere aus dem Haus mitzubringen, er braucht sie ja nicht

Aber ich habe nie gefragt, und er fährt großzügig durch meinen Haarschopf, vielleicht gefällt es ihm so

Auch darüber habe ich oft nachgedacht

Aber heute ist es mir gleichgültig

Ich könnte immer mehr Geschichten hervorholen, mein Vorrat ist unendlich

Eine führt ja zur nächsten, das Haareschneiden zum Ostereiersuchen, die Geschichte vom missratenen Hefezopf zu Os erstem selbst gekochten Essen, die Nachtwanderung mit M, als wir uns ernsthaft verirrten und auf einer dunklen Kuhweide nicht mehr weiterwussten, die Nacht, als O so heftig fieberte, dass er Füchse aus der Wand springen sah, überhaupt die Nächte, die unzähligen Nachtwachen, das Singen am Bettrand, jahrelanges Vorlesen, die frühen Morgenstunden, das Brotschmieren und das erste Mal, als M am Morgen nicht mit uns frühstückte, es hört nicht auf, quer durch die Jahre

Ich weiß nicht, woran sich die Kinder erinnern, früher haben wir Fotoalben angeschaut, aneinandergelehnt auf dem Sofa, das Meinmann irgendwann ersetzt hat, weil es fleckig geworden war, und uns die Geschichten gegenseitig erzählt

Sie werden sich erinnern, aber sie brauchen diese Geschichten nicht so, wie ich sie lange Zeit gebraucht habe

Erst hier oben gewöhne ich sie mir nach und nach ab

Wenn sich die Kinder meldeten, damals, als ich noch im Haus wohnte und angeschlossen war an all den Trubel, die Nachrichten von allem und jedem, von der Welt, den Freunden und den Kindern, dann wusste ich manchmal nicht, wo sie waren

Natürlich schrieben sie und schickten Bilder, riefen an und besuchten uns auch

Aber dann reisten sie nach Australien und nach Asien

und blieben dort, kürzer und länger, kehrten zurück, nur um gleich wieder aufzubrechen, ich verlor den Überblick

Wenn sie kamen, saßen sie mit Meinemmann im Wohnzimmer, wo wir früher nie gesessen hatten, immer hatten wir uns alle am langen Küchentisch versammelt, und debattierten

Die Debattenkultur, sagte Meinmann, muss gepflegt werden, und es machte ihn stolz und streitlustig, dass die Kinder mit ihm debattieren wollten, ausdrücklich heizte er die Debatte an, wenn sie zahmer wurden und einfach nur erzählten, von den Ländern, den neuen Freunden und den kalten Wintern, er stellte Behauptungen in den Raum und forderte sie zum Kampf auf, und ich hörte ungeduldig zu, aber wenn ich mich einmischte, verloren sie ihre Schärfe und ihr Tempo, sie gerieten ins Schlingern

Das wollte ich ihnen nicht zumuten

Wenn sie dann oben in ihren Zimmern lagen (die immer noch mit ihren alten Möbeln vollgestellt waren, damit sie sich zu Hause fühlten), musste ich mich zwingen, nicht die Gläser wegzuräumen

Ich wollte nicht die schweigende Gattin sein, die hinterher Ordnung macht

Zu den Geburtstagen packte ich ihnen kleine kompakte Pakete und gab sie rechtzeitig in die Post, aber auf den Wettstreit der Fürsorge ließ Meinmann sich nicht ein, er überließ mir die Sendungen und die Termine, das Daumendrücken und die Postkarten

Für die Kinder war die Debatte mit Meinemmann leichter und vergnüglicher als meine warmherzige Sehnsucht

Hier oben brauche ich niemanden, keinen Besuch, keinen Liebhaber, keine Geschichten und Meinenmann auch nicht

8.

Seitdem ich beschlossen habe, hier oben allein zu bleiben, kommt ständig Besuch

Meinmann hat seine Gastfreundschaft in meine Wohnung verlegt

Ks Besuch war nur der Anfang

Seitdem vergeht kaum ein Abend, an dem Meinmann nicht mit einem oder mehreren Gästen ins Appartement kommt, lachend und laut diskutierend, manchmal auch düster verschwiegen

Meistens klopfen oder klingeln sie nicht, sondern drängeln einfach durch die Tür

Man kann dich ja vorher nicht benachrichtigen, sagt Meinmann, und der Ausblick ist einfach zu prächtig, um ihn für sich zu behalten, findest du nicht

Sie kommen auf ein Glas Wein, zum Tee oder mit Tellern voller Tapas, die sie beim Spanier unten an der Straßenbahn gekauft haben

Sobald ich die Stimmen draußen im Flur höre, schrecke ich hoch und will mich verstecken

Aber ich weiß nicht, wohin, die Wohnung ist, obwohl ich das nie gedacht hätte, doch zu klein, und natürlich kann ich sie nicht verlassen

Ich springe auf, fahre mir durch die Haare,

reibe die Lippen aufeinander, damit sie nicht fahl wirken

Zugleich will ich trotzig und unnahbar sein

Sie sollen spüren, wie sehr sie mich stören, diese Eindringlinge

Ich arbeite noch, sage ich kühl, und Meinmann dreht sich stolz zu den anderen um, die schon ihre Mäntel ablegen und manchmal auch die Schuhe ausziehen, je nachdem, und rote Wangen haben von der Kälte draußen

Denn es ist schon wieder Herbst

Ja, sie arbeitet Tag und Nacht, erklärt er, natürlich nur, wenn sie inspiriert ist, man kann das nicht vorhersehen, deswegen kann man jederzeit stören, es spielt keine Rolle, entweder sie schreibt oder eben nicht

Die Gäste nicken und fragen höflich nach, ob ich denn wirklich gerade geschrieben habe, ob ich auf Papier schriebe oder mit dem Computer, ob ich alles erlebt hätte, was ich schriebe

Das tun sie immer, und immer antworte ich unwillig, was allen sehr gut gefällt

Sie murmeln leise, sie schauen sich verstohlen um, die Aussicht interessiert sie gar nicht, die sie sowieso abends nicht haben (man sieht nur die Straßenlaternen, die beleuchteten Haltestellen und die Taschenlampen der Pfandglassucher)

Stattdessen: ich, ein Gesprächsanlass, ein Rätsel, dabei sehe ich doch ganz so aus wie jede von ihnen, das wundert sie am meisten

Nur gut, dass meine Haare so wirr sind und ich seit Ks Besuch fast nur Schwarz trage, aber auch das ist nichts Besonderes, viele tragen Schwarz, ich frage mich, was das Besondere ist, und komme darauf, dass ich genauso gut eine von ihnen sein könnte, jemand, der hereinschneit

Mal vorbeischauen bei Leuten

Nach dem Konzert was trinken

Ein Absacker

Miteinander den Abend ausklingen lassen oder ihn überhaupt erst einläuten

Ja, das haben wir doch auch immer gemacht, ruft Meinmann, und so war das

Also ist das Besondere nicht meine Frisur oder meine Muse oder sonst irgendetwas, sondern allein, dass ich hier in dieser Wohnung bin und man mich besichtigen kann

Also kann ich nicht weglaufen, denn wer soll es dann übernehmen

Gestern kamen sie direkt nach einer Sitzung des Ausschusses

Sie hatten Schals um die Hälse geschlungen und die Mäntel voller Herbstluft

Unter dem Arm trugen sie Mappen mit Unterlagen, V hatte seinen Laptop in einem schmalen Etui dabei

Ihn hatte ich seit Jahren nicht gesehen, er kam nie zu uns ins Haus, ich vermutete immer, dass er Kinder nicht mochte

Wie früher war er sehr glatt rasiert, aber die Haare waren ihm nun ausgefallen, sodass er nackt aussah

Er kam mir, so wie Meinmann, ebenfalls kleiner vor

Beinahe wie ein Junge, als verwandele er sich allmählich in eines dieser Kinder, denen er immer aus dem Weg gegangen war

Er lachte heftig, als er mich sah, vielleicht um mir seine Freude über unser Wiedersehen zu zeigen, aber mir kam es so vor, als lache er mich aus

Vs Freundin mit den roten Locken war auch dabei, sie winkte mir zu und zog sich gleich die Schuhe aus, sie fühle sich immer wie zu Hause, sagte sie, immer und überall, und erst recht bei uns, wo wir uns doch so lange kennen, auch wenn es jetzt ganz anders ist

Meinmann horchte auf, selten kommentierten die Gäste unsere Entscheidung, sie trauten sich wohl nicht

Oder sie konnten es nicht einschätzen

Oder sie wollten sich einfach nicht einmischen

Gut, dass du es gleich sagst, B, sagte Meinmann, es ist ja auch nicht zu übersehen, auch wenn wir uns schon so daran gewöhnt haben

Sofort nickten alle und schauten zu mir herüber, ob ich mich auch daran gewöhnt hatte

So schnell ließ ich mich aber nicht einfangen

Ich kostete es aus, wandte mich ab, ging zu den dunklen Fenstern, schaute nachdenklich in die Ferne

Wir brauchten mehr Raum, sagte Meinmann, und den haben wir jetzt, wie ihr seht, und wir teilen ihn heute Abend mit euch

Alle verteilten sich, die Praktikantinnen lehnten sich an die Küchenbar, ein älterer stiller Herr sank auf das Sofa, während Meinmann eine Flasche Prosecco entkorkte und Mirko und Kristin zu mir traten

B fuhr V über den glatten glänzenden Kopf, als wolle sie seine Beschaffenheit überprüfen

Er zuckte nicht zurück, wie ich es getan hätte, sondern senkte den Kopf wie ein Kind, das gelobt werden will

Vielleicht beurteilte ich es auch nicht korrekt, ich bin nicht mehr in Übung und kann manches nicht einordnen

Dann hob V (frisch geprüft) den Kopf, warf B einen dankbaren Blick zu

Um etwas zu sagen, fragte ich, warum hast du gerade so gelacht?

Endlich hatte ich ihre volle Aufmerksamkeit

B zwirbelte sich rotes Haar um den Finger und schaute V gespannt an

Reine Wiedersehensfreude, rief V, er habe inzwischen begriffen, dass Begegnungen im Leben das zentrale Moment seien, und seitdem freue er sich eben immer so, Menschen zu treffen, mit denen ihn etwas verbinde

Und was verbindet euch, fragte B

Ich wartete, was V sagen würde

Er dachte nach, und ich wusste, dass die korrekte Antwort Meinmann war, aber das konnte er kaum sagen

Er lachte wieder und erzählte von früher: von Treffen in der Kinobar, bevor wir Kinder hatten

Da konnte man noch ausgehen mit ihnen, erklärte er B lachend, wenn Kinder kommen, ist damit Schluss

Ich überlegte, ob B vielleicht schwanger war, weil sie unauffällig eine Hand auf ihren Bauch schob, oder ob er sie damit warnen wollte, und plötzlich erinnerte auch ich mich an diese Abende in der Kinobar

Dort hatten sich damals vor allem Studenten getroffen, die Filme schauten sie nur manchmal an, lieber bestellten sie Tapas und redeten sich die Köpfe heiß, ich war mit D oft dorthin gegangen

Seitdem ich mit Meinemmann dort manchmal aß, blieb sie fern

Stattdessen kam V, nach den Ausschüssen oder den Gremien und manchmal auch einfach so

Weil Meinmann sein Chef war, hatte V vermutlich keine Wahl, aber das ließ er sich nie anmerken

Er stürmte immer begeistert an unseren Tisch, als könne er es kaum erwarten

Meinmann rieb sich die Hände, er lud uns alle ein und bestellte mehr Tapas, als wir essen konnten

Die besten Happen schob er mir mit einem Zahnstocher (so wie es sich für Tapas gehört) in den Mund, sodass ich mich fühlte wie eine Patientin

Zugleich wollte er, dass ich V erzählte, woran ich gerade arbeitete

Ich legte mich ins Zeug (auch wenn ich sah, dass V die Zähne aufeinanderpresste, um ein Gähnen zu unterdrücken)

Das würde heute nicht passieren

B würde dafür sorgen

Mich fragte sie, warum man mich gar nicht mehr sähe

Ob wir nicht diese Abende in der Kinobar wieder einführen wollten

Vielleicht mit ein paar anderen Leuten, denn V habe ja recht

Begegnungen seien das, was zähle, und ob ich die neuen Herbstfilme gesehen habe

Es klang so, als würden die neuen Herbstfilme auf einem Laufsteg vorgeführt

Ich hatte gar nichts gesehen

Ich war nicht auf dem Laufenden

Und zwar seit Ewigkeiten nicht

Es ließ sich vielleicht gar nicht mehr einholen

Früher wart ihr doch ständig im Kino, rief B, hast du nicht sogar Kritiken geschrieben?

In deinen guten, ich meine in den – also, bevor die Kinder kamen?

Ich wusste es plötzlich selbst nicht mehr

Ich versuchte, mich an einen einzigen Film zu erinnern, über den ich etwas zu sagen hätte

Es war unmöglich

Verschwommene Erinnerungen an Filme über Bienen, über verlorene Kinder, über einen Fahrstuhl und das Ende der Welt, wie wir sie kennen

Aber das würde B nicht reichen

So konnte man nicht reden

Immer noch schaute sie mich gespannt an (ohne Herablassung), einfach neugierig auf Filme und meine Meinung

Und ich merkte, dass ich keine Meinung mehr hatte

Ich lebe seit einiger Zeit zurückgezogen, sagte ich schnell

Ich habe mich dazu entschieden, um zu lernen, allein zu sein

B und V nickten, aber sie begriffen nicht, was ich meinte

Noch bin ich nicht so weit, sagte ich

Ja da sind wir aber froh, rief B

Sonst könntest du ja jetzt nicht hier bei uns sein

V stimmte zu und erzählte von einer Schweigewoche im Kloster, wo er zwar nicht allein, aber für sich gewesen sei (eine interessante Erfahrung, die er niemals wiederholen wollte)

Er stritt sich mit B liebevoll darüber, ob Schweigen eine Form des Alleinseins sei oder nicht

Ob es ihnen guttäte

Ob Aggression durch Sprache befördert oder geregelt werde

Ob Alleinsein nicht auch eine Form von Sprache sei oder Sprechen eine Form des Alleinseins

Ob man als Paar überhaupt allein sein könne oder solle

Und ob die Ehe die Antwort auf das Alleinsein sei oder die Fortsetzung oder gar Steigerung

Ich hörte nicht mehr zu

Ich überlegte, warum ich hier oben in der Wohnung nicht gelernt hatte, allein zu sein, obwohl ich es doch ständig war

Es war leicht, Meinemmann die Schuld zu geben

Ich kam ja gar nicht dazu, mich dem Alleinsein wahrhaftig auszusetzen, nicht wahr, so allein war ich eben nicht

In der Ferne die Kinder, in der Nähe Meinmann und direkt unter mir die ganze kleine Stadt, wie konnte man da allein sein

Schon traten die beiden Praktikantinnen zu uns

Sicher wollten sie sich unter die Kollegen mischen, um einen guten Eindruck zu machen

Auf mich machten sie einen hervorragenden Eindruck

Sie trugen kantig geschnittene Frisuren und wirkten vollmundig und quirlig, auf jeden Fall nicht verschüchtert und unterwürfig

Sie sahen so aus, als hätten sie am Morgen die passenden Kleider gewählt und es nicht bereut

V und die Praktikantinnen scherzten absichtlich lauthals über Meinenmann, der alles hörte und ihnen gutmütig mit dem Finger drohte

Währenddessen überlegte ich, ob ich Lust verspürte, ins Kino zu gehen, oder Bedauern, dass ich so lange nicht mehr aus dem Haus gegangen war

Ich war mir nicht mehr sicher, warum ich mich daran gehalten hatte, die Wohnung nicht zu verlassen

Ich würde mir einen Laptop in die Wohnung holen, ich könnte einfach hinuntergehen und mir einen kaufen

Oder ich könnte mir einen Gefährten besorgen, der Liebhaber war eine Fantasie gewesen, aber ein Haustier wäre denkbar

Leicht erhältlich

Mein alter Wunsch nach einem Kaninchen

Mit dem Laptop könnte ich die Kinder anrufen und Nachrichten lesen

Überhaupt könnte ich lesen, warum hatte ich das Lesen nicht vermisst

Mir fielen immer mehr Dinge ein, die ich vollkommen vergessen, vielleicht sogar verlernt hatte

Auf einen Bus warten, Menschen in der Fußgängerzone ausweichen

die Kapuze über den Kopf ziehen

Sonnenblumen auf dem Markt kaufen, in eine Bratwurst beißen

einem Bettler eine Münze in die Hand drücken, den Müll hinunterbringen, eine Zeitung auffalten, ein Fahrrad aufschließen

Ich schloss die Augen und hörte, wie Meinmann zu mir herüberrief, ob alles in Ordnung sei

In Ordnung, rief er, mehr ein Vorschlag als eine Frage, und als ich langsam und mit geschlossenen Augen anfing zu nicken, merkte ich, dass es still wurde

Sie hatten aufgehört zu reden und schauten mir beim Nicken zu

Deswegen waren sie ja auch hier, es gab etwas zu sehen

Es störte mich aber nicht, weil ich damit beschäftigt war, über die bevorstehenden Einkäufe nachzudenken

Gier brach in mir auf, ich könnte gleich losstürmen und Geld ausgeben, stapelweise Magazine und Zeitschriften, ein Handy: all die Dinge, auf die ich verzichtet hatte, um in der Wohnung eine besondere Situation zu schaffen

Eine stille leere Situation, die man mit einem Schritt über die Schwelle der Wohnung auflösen konnte

Nur hatte ich das bisher einfach nicht gemacht

Inzwischen hatten die anderen wieder angefangen, Sekt nachzufüllen und sich zu unterhalten

Ich hörte die vergnügt glucksenden Stimmen

Alle Stimmen konnte ich einzeln hören, wie in einer Konzerthalle mit sehr guter Akustik, die jedes Instrument klar zur Geltung bringt

Sie hatten mich vorübergehend vergessen

Nun könnte ich einen Mantel überwerfen und still aus der Wohnung gehen, niemand würde etwas merken

Aber die Geschäfte waren schon zu und die Straßen dort unten feucht und leer

Es wäre eine trotzige Tat, die mir nichts brächte

Ich hätte dann nichts mehr, was mich auszeichnet

Nichts

Deswegen, sagte ich mir, würde ich mir das alles gut überlegen, bevor ich blindlings nach unten stürmte, um mich ein paar Minuten lang frei zu fühlen und es dann hinterher zu bereuen

All die Argumente Meinesmannes konnte ich, während ich mit geschlossenen Augen stillhielt, so deutlich hören, als flüsterte er sie direkt in mein Ohr

Er konnte nicht flüstern

Wir hatten uns früher öfters darüber gestritten, wenn wir mit den Kindern Kirchen oder Museen besichtigten und ich in die Ruhe dieser Räume nicht hineinsprechen wollte

Ich stieß die Kinder an, die mit ihren lauten klaren Stimmen unbarmherzig die Stille brachen, aber Meinenmann durfte ich nicht anstoßen

Das verbat er sich, keine Zurechtweisungen, hatte er mir eingeschärft, du willst auch nicht, dass ich dich tadele

Da hatte er recht, ich wollte auf keinen Fall getadelt werden

Von ihm nicht und von niemandem, allerdings auch nicht von den Museumswärtern und Messdienern, die die Stille hüteten

Du kannst doch flüstern, flüsterte ich, einfach leise sprechen

Meinmann, der mir die Säulen und Gewölbe erklären wollte, versuchte es sogar, aber er konnte es nicht, seine Stimme brach, wenn er es probierte

Also sprach er halblaut, die Kinder drängten sich um ihn

Ich fiel einige Schritte zurück, weil ich zu diesem lärmenden Grüppchen nicht gehören wollte

Mit den Kindern übte ich abends zu flüstern, sie beherrschten es großartig, und wir spielten Flüsterpost

Es ging wunderbar, und sie schüttelten sich vor Lachen, wenn die Wörter am Ende verdreht und seltsam klangen

Ich öffnete die Augen und sah mich um

Alle tranken, redeten und gingen selbstverständlich hin und her, als wären sie hier zu Hause

Vielleicht war der Unterschied zur Straße dort unten gar nicht so groß

Vielleicht war es egal, ob ich drinnen war oder draußen

Nur dass es hier oben gut geheizt war und niemand nass wurde, dafür sollte man dankbar sein, dachte ich und holte mir einen Sekt

Alle sind gegangen

Vorher haben sie die Gläser gespült, die Schalen mit den Tapas abgedeckt und in den Kühlschrank gestellt, die Theke und den Tisch mit heißen Lappen abgewischt

Ich habe nichts mehr zu tun

Wir lassen dich, riefen sie mir zu, du wirst froh sein, dein Reich wieder für dich zu haben

Meinmann zwinkerte mir zu

Das ging zu weit, denn alle hatten es gesehen und mussten davon ausgehen, dass wir immer noch das eingeschworene Paar waren, das sie von früher kannten

Aber ich konnte mich wohl kaum über ein Augenzwinkern beschweren

Ich habe nicht gelernt, allein zu sein

Das Bett kommt mir an diesem Abend kühl und leer vor

Ich möchte nicht allein darin liegen, unter der großen Decke wird mir nie warm werden

Ich hole mir eine kleinere Decke aus dem Schrank, lösche im Wohnzimmer das Licht und rolle mich auf dem Sofa zusammen

Aber es ist zu schmal, ich falle beinahe über den Rand, als ich mich umdrehe, und erschrecke, als könnte ich in die Tiefe fallen

Ich stehe wieder auf, die Decke über den Schultern, und gehe langsam hin und her

Wo kann ich schlafen?

Schließlich lege ich mich dorthin, wo ich gerade stehe

Zwischen die Sessel, auf den weichen grauen Teppich

Ich schiebe mir den Pullover unter den Kopf, öffne noch einmal die Augen

Von unten sehen die Sessel aus wie klotzige Blöcke, das Sofa wie eine Wand und der Teppich zottelig und aufgebauscht

Eine fremde Landschaft, denke ich, warum ist mir das bisher nie aufgefallen, eine Landschaft, auf die es nie regnet

Allmählich schlafe ich ein

9.

Als ich aufwache, sehr früh, in einem grauen Licht zwischen Nacht und Morgen, regnet es

Ich öffne die Augen und schaue an die Decke

Langsam fallen Tropfen herab, schlagen auf die Sitzflächen der Sessel, die schon durchgeweicht sind, der Teppich um mich herum dunkel vor Nässe

Ich liege still und warte

Es kann sein, dass ich geträumt habe und gleich aufwachen werde (in meinem großen, leeren, trockenen Bett)

Aber der leise Aufprall der Tropfen lässt nicht nach

Ich setze mich auf, schlage die Decke um die Schultern

Auch meine Haare sind feucht, mein T-Shirt klebt klamm auf der Haut

Ich erinnere mich an eine Nacht im Zelt mit H

Wir hatten uns auf einer Wanderung verirrt, waren viel zu spät auf dem Zeltplatz angekommen und hatten das Zelt hastig im Nieselregen aufgebaut

Frierend hatten wir uns in die Schlafsäcke geschoben und waren sofort eingeschlafen

Mitten in der Nacht musste ein Unwetter aufgezogen sein, jedenfalls wachten wir gleichzeitig auf, um uns herum tiefe Dunkelheit

Die feuchte Plane hing uns in die Gesichter, die Schlafsäcke waren schon vollgesogen

H sprang auf, kroch nackt aus dem Zelt und versuchte, die Spannseile wieder zu straffen und die Plane aufzurichten

Ich hörte ihn fluchen, ein reißendes Geräusch, die Zeltwand schlackerte hin und her und richtete sich langsam halbwegs auf

Er kam wieder zu mir, und wir wussten beide nicht, wie wir in der Nässe schlafen sollten

Wir legten die Schlafsäcke übereinander und pressten uns aneinander, um uns zu wärmen, aber H war so wütend, dass sein Körper starr blieb

Ich spürte, wie er seine Hände zu Fäusten ballte

Sein Groll war gegen mich gerichtet, weil ihm nichts anderes einfiel, dabei hatte er darauf bestanden, selbst die Heringe einzuschlagen

Ich kann nichts dafür, sagte ich, um ihn zu besänftigen, da drehte er sich so heftig von mir weg, dass der Schlafsack mir vom Körper rutschte

Jetzt auch noch feige sein, murmelte er

Seine Verachtung war so giftig, dass sich mir der Magen zusammenkrampfte und ich hellwach die Augen aufriss und dem Regen auf dem durchhängenden Zeltdach lauschte, während er kurz darauf einschlief und am nächsten Morgen schon unsere nassen Kleider in der Sonne aufgehängt hatte, als ich noch erschöpft und zerschlagen vor mich hin döste

Er war munter und ruhelos, zupfte an mir, lachte über die verregnete Nacht und unsere Ungeschicklichkeit

Von mir war keine Rede mehr, er hatte vergessen, dass ich schuld war

Geh duschen, rief er mir zu, dann geht es dir besser, und wenn du wiederkommst, ist der Kaffee fertig

Ich wollte mich nicht von ihm zum Waschen schicken lassen, ich wäre schon allein darauf gekommen, mich nach dieser stürmischen Nacht warm zu duschen, aber er hatte recht, es ging mir sofort besser unter der Dusche (die noch nicht einmal heiß war, sondern lauwarm, unter der Decke klebten dicke Spinnennetze, in denen sich Laub verfangen hatte)

Trotzdem half es

Ich trat sauber vor das Duschhaus, drückte mir die Haare aus und sah hinüber zu unserem Zelt, das schräg und eingebeult neben einer Fichte kauerte, und davor H über dem Gaskocher: wieder so wendig und warmherzig wie immer, wenn alles klappte

Aber jetzt bin ich allein, es gibt viele mögliche Erklärungen für die Tropfen

Ich schüttle die Decke ab und flüchte ins Badezimmer, das trocken geblieben ist, stelle mich unter die Dusche und drehe das heiße Wasser auf

Ich lasse es an mir herabrinnen wie damals, die Hände um mich geschlagen

Den Kopf halte ich gesenkt, damit der Strahl auf meinen Nacken trifft

So stehe ich eine Weile und höre auf zu zittern

Dann trockne ich mich ab, gehe vorsichtig in die Küche, werfe Handtücher und Aufnehmer über die Wasserlachen

Später werde ich mit Meinemmann reden

Ich kann ihn ja nicht anrufen, also werde ich warten, bis er kommt, hoffentlich allein

Wir müssen Handwerker bestellen und mit den Nachbarn sprechen

Sicher handelt es sich um einen Versicherungsfall

Wir werden alles regeln

Und wenn ich in mein Bett gehe, dorthin, wo ich nachts sein sollte, kann ich trocken und wohlbehalten einschlafen

Am nächsten Tag kommt er nicht

Ich gehe in der Wohnung hin und her, wringe Handtücher aus und leere die Eimer

Das Tropfen wird schwächer, immer wieder lege ich den Kopf in den Nacken und mustere die Decke, um das Leck zu finden, aber es scheint eher, als sei die ganze Decke porös geworden

Ich versuche sogar, etwas zu schreiben, aber das aufdringliche Geräusch der schlagenden Tropfen bringt mich zuerst durcheinander

Ich ordne alle beschriebenen Blätter und lege sie in eine wasserdichte Klarsichthülle

Dann schreibe ich doch noch einige Zeilen

Die sechste Geschichte

Auf dem Amt hatten sie einen Termin. Heute schien sie ihm unfähig, mit Menschen zu leben, zu reden. Sie zogen eine Nummer und starrten eine Weile auf den Anzeiger, der gleich unter der Decke angebracht war und die Wartenden zwang, ständig den Blick zu heben und die Abfolge zu überprüfen.

Es wird dauern, sagte er zu seiner Schwester und zwirbelte das Ticket zwischen den Fingerspitzen. Er ließ sie in Ruhe dort sitzen, stand gelegentlich auf, ging ein paar Schritte auf dem Linoleum auf und ab. Dass ihm die anderen dabei zuschauten, froh um jede Ablenkung, störte ihn nicht. Sein stämmiger Körper, fest auf den Beinen, gleichmütiger Blick. Es machte ihm nichts aus, sie zu begleiten.

Bis er sie holte, hatte sie in der Wohnung auf ihn gewartet. Immer saß sie am Tisch, wenn er kam, und fuhr ständig mit der Hand über das glatte Holz, als müsse sie Krümel oder Staub von der Platte entfernen. Seitdem ihr Konto gesperrt war, lag das Handy stumm neben den alten Zeitungen. Alle Abos gekündigt, es war besser so. Es passte nichts mehr in sie hinein. Trotzdem versuchte er manchmal, ein wenig Außenwelt in sie einzuträufeln. Sprach von Überschwemmungen, Infektionszahlen, Niedrigzinsen. Überall Infektionen, die Welt entzündet. Seine sanfte geduldige Stimme in ihrem Zimmer. Als Einziger hatte er einen Schlüssel. Sie blieb still, er wusste nicht, ob sie ihm zuhörte.

Auf dem Weg zum Amt schob er seinen Arm unter ihren, als seien sie alt. Sein Haar, glatt wie ein Helm, wurde ja auch schon über den Ohren grau. Er wich ihrem Blick aus wie sie seinem. Wie zwei Hunde waren sie, deren Körper sich berührten, während sie nebeneinanderliefen. An die Leine ließ sie sich nicht nehmen, auch nicht von ihm. Aber seine Hand unter ihrem Ellbogen konnte sie ertragen.

Der Bruder stand am Fenster und schaute auf die Parkbuchten vor dem Amt (sorgfältig gepflastert in einem hellgrauen Stein, der sich von den dunkelgrauen Platten des Gehwegs abhob). Auf dem Fensterbrett lagen tote Fliegen, aber nicht viele, es wurde regelmäßig geputzt. Um sie herum begannen die Leute zu sprechen, als hätte jemand den Taktstock gehoben. Überall brachen kleinere Unterhaltungen aus.

Wie geht es dir, fragte sein Sitznachbar eine Frau, die ihn zu kennen schien. Sie wirkte nicht überrascht, nickte mehrere Male nacheinander.

Ja, also, wo die Frage jetzt im Raum stünde. Angeschlagen sei sie, ja, das sei genau das richtige Wort, eine Ecke abgeschlagen, abgebröckelt, keine scharfen Konturen mehr, abgestoßen, als habe man ihr etwas gebrochen, aber was eigentlich, das wisse sie gar nicht. Nicht nur die Zehen oder die Haarspitzen, sondern tiefer, sie sei tief angeschlagen, dabei könne doch niemand so tief in sie hineingreifen, dass dort etwas kaputtgehe, oder. Sie wolle das ja jetzt auch gar nicht so ausführlich hier, wen interessiere das denn, es gebe ja auch wirklich andere, die noch viel mehr, also jedenfalls, einfache Antwort: ganz gut, aber etwas angeschlagen.

Sie sprach nicht laut, aber scharf und deutlich, sodass er jedes Wort hören konnte. Er schaute zu seiner Schwester hinüber, ob sie auch zugehört hatte. Aber sie starrte nach draußen, reglos. Vielleicht ruhte sie sich aus. Er setzte eine friedliche Miene auf, um für das Gespräch gleich zu üben und um sie zu beruhigen.

Letzte Woche hatte er sie auf ein Bier eingeladen, damit sie mal unter Leute käme. Er wusste, dass sie oft alleine draußen herumschweifte, sie hatte es ihm nicht erzählt, aber gelegentlich sah er sie. Manchmal kam sie am frühen Abend und klingelte. Dann stellte Anabell einen Teller mehr auf den Tisch, dazu das Butterschälchen, eine Kanne mit Apfelsaft, ein Brett mit Käse und Obst, Schlangengurken, alles frisch vom Markt. Sie setzte sich zu ihnen, argwöhnisch, und Anabell redete auf sie ein, mit leicht überdrehter Freundlichkeit, weil sie Stille nicht ertrug.

Wie geht es Anabell, hatte sie beim Bier gefragt und immer wieder über die Tischplatte gestrichen, bis er ihre Hand festhielt.

Lass das.

Dann fing er an, von Anabell zu erzählen, von ihrer Arbeit mit den Kindern, wie viel sie bewirken könne, von dem Brieftaubenprojekt und dem Gartenprojekt, Anabell denke sich täglich neue Projekte aus, die die Welt zu einem besseren Ort machten, sagte er, sage Anabell.

Glaubst du das auch, fragte sie.

Er antwortete nicht und fragte sie nach ihren Plänen.

Sie müsse etwas tun, sie müsse doch etwas vorhaben, etwas müsse sie sich doch vornehmen, sonst sehe er schwarz. Er könne ihr helfen, aber nur, falls sie dazu bereit sei. Zugleich stellte er sich vor, er spähe in einen Schlund, einen Aufzugschacht, einen unterirdischen Gang. Darin hause sie, zusammengerollt auf Heu und Spänen, die sie zusammengetragen hätte, die Schnauze im Sand, die Augen in der Dunkelheit weit aufgerissen.

Er sprach von der Miete, bot ihr an, ihr etwas zu leihen, und wischte sich das Bier von der Oberlippe, die weich und unbehaart immer noch aussah wie damals, als sie klein waren, sanfte, nackte Stellen in seinem Gesicht. Auch seine Stirn war glatt, beinahe spurenfrei. Kaum Abnutzung.

Was denn mit den Kursen sei, den Sprachkursen. Ob sie die nicht wieder anbieten könne. Da müsse es doch Bedarf geben.

Aber ich arbeite doch, sagte sie.

Er schnaufte ein wenig, sagte aber nichts, damit sie weitersprach, um ihn nicht zu enttäuschen, einen Abend in Gesellschaft würde sie wohl durchhalten, würde sprechen, wenn es geboten war, und ihren Bruder beruhigen, der ihr Hüter war.

Er wollte nach der Arbeit fragen, nach dem Honorar, ob es überhaupt eins gebe, ob es ihr die Miete zahlen würde, ob sie an den Winter gedacht habe, an die Rechnungen. Im letzten Winter hatte er ihr in einer grünen Umhängetasche Kleider von Anabel mitgebracht, eine Daunenjacke mit silbernem Bund und einen weißen flauschigen Pullover, den sie sich gleich überzog wie ein Fell und fauchte, um die Peinlichkeit dieser Almosen zu verbergen, eine Kleiderspende für die Schwester.

Sie räusperte sich, dann sprach sie leise vom Honorar, von der Befriedigung der Arbeit, vom festen Ablauf der Tage, der ihr wohltäte, von den Geschichten, die sie übersetzte.

Du musst aber auch mal raus, sagte er, vergiss das nicht, die Welt ist dort draußen und nicht in deinen alten Geschichten. Du kannst das ja machen, diese Arbeit. Aber du musst deine Miete zahlen. Du musst unter Leute. Du musst regelmäßig essen und dich duschen. Dein Kühlschrank ist immer noch kaputt. Und du musst dir eine neue Jacke kaufen.

Ich habe doch noch die von Anabell, sagte sie, und dann schwieg sie eine Weile. Als er unruhig wurde, räusperte sie sich.

Also. Wenn du mich betreust, kann ich es schaffen, es wäre das Beste. Es wäre nicht viel Arbeit, ich würde es dir leicht machen.

Er lachte kurz auf.

Das weiß ich doch. Aber so wird es nicht gehen, du bist ja nicht krank.

Sie hatten beide kurz gelacht, als habe er einen Scherz gemacht.

Nun leuchtete wieder eine Nummer auf, alle schauten hoch, dann auf ihr Ticket, schließlich in die Runde.

Wir sind das, sagte er und war schon an der Tür, sie schüttelte sich und folgte ihm.

Der Schreibtisch der Sachbearbeiterin war durch Stellwände abgeschirmt, an denen mit Reißzwecken einige Informations-

schreiben und laminierte Ausdrucke von Sommerblumen angebracht waren: Großaufnahmen von Mohn, Lavendel und Kornblumen. Sie setzten sich in den kleinen Verschlag und warteten, dass die Sachbearbeiterin ihren Blick hob. Er schilderte kurz und präzise die Lage. Der Wohngeldantrag laufe, die Mietzahlungsfähigkeit sei ja nicht mehr gewährleistet, jetzt seien aber Grundsicherungsleistungen erforderlich, das eine schließe das andere aus, und wie sie weiter vorgehen sollten.

Ob er der Betroffene sei oder die Dame.

Meine Schwester, sagte er und nickte zu ihr herüber, als wolle er sie vorstellen.

Können Sie bitte selbst kurz die Sachlage aus Ihrer Sicht darstellen, fragte die Sachbearbeiterin, während sie mit einer Hand die Maus auf der Tischplatte hin und her schob und sie aus den Augenwinkeln musterte. Wie mit einem Teigschaber fuhr ihr diese Fremde über die Haut, nicht unfreundlich, aber er hörte, dass ihr Atem lauter wurde, sie fuhr sich über Gesicht und Arme, sprechen konnte sie nicht. Er stieß sie sanft.

Entschuldigung, sagte sie leise und stand auf, hielt sich an der Stuhllehne fest. Sie hob sich kurz auf die Zehenspitzen wie bei der Morgengymnastik, dann fuhr die Luft aus ihr heraus, und sie sank gleich neben ihm auf den Boden und lehnte sich sachte an die Stellwand.

Er hockte sich neben sie, redete leise auf sie ein, während die Sachbearbeiterin ein Glas Wasser holte, komm, sagte er, wir gehen einfach jetzt, das können wir alles auch telefonisch klären, und die Anträge gibt es online.

Am Kiosk kaufte er ihr eine Cola, gut für den Kreislauf, wir müssen dem nachgehen, sagte er, aber jetzt erst mal in Ruhe eine Cola trinken, wir sind unterzuckert, geh nach Hause, dann wird sich alles beruhigen.

Er schaute auf seine Uhr und aufs Handy, es gab so viel zu erledigen, er musste sie sich selbst überlassen.

Geh nach Hause.

Langsam entfernte sie sich von ihm, winkte noch einmal, hob die Arme, vielleicht, um Luft unter die verschwitzten Achseln zu lassen, in der Tasche des Anoraks würde sie den Zehneuroschein finden, den er ihr im Amt hineingeschoben hatte. Er ging durch den Stadtpark, wo nach Einbruch der Dämmerung viele Bänke frei waren. Manche richteten sich für die Nacht ein, breiteten Pappe über die Sitzflächen. Hinter dem Spielplatz baute jemand ein Zelt auf. Einer zog die Schuhe aus und stellte sie ordentlich nebeneinander. Sein Haar saß etwas schräg auf dem Kopf wie eine Perücke. Die Hose hatte er über dem runden Bauch straff gezurrt, der Gürtel drückte sich ins Fleisch. Mit dem Handrücken fuhr er sich immer wieder über die Nase. Auch bewegte er seine Lippen und nickte, als unterhielte er sich leise mit einem Freund.

Wenn sie ihre Miete nicht mehr zahlen könnte, müsste er sie aufnehmen. Er sprach darüber nicht mit Anabel, aber den ganzen Abend lang dachte er immer wieder, wie es wohl wäre, wenn er sie im Stadtpark auf einer der Bänke oder im Gebüsch entdecken würde. Die nassen Blätter über ihr, die schmerzenden Hüftknochen vom Liegen auf hartem Grund. Wie es wäre, ohne Teppiche zu leben, ohne die stickigen Schichten, die sie um sich gelegt hatten.

Er schlief gut ein, nach einigen Stunden aber wachte er auf, als hätte er den Kopf in ein falsches Loch gelegt. Er war vollständig wach, hatte das Gefühl, gar nicht oder nur unter einer dünnen Haut geschlafen zu haben. Das Kissen glühte unter ihm, und er lag gespannt im Bett, auch als draußen der Verkehr anhob, Mülltonnen über den Bordstein geschoben wurden und der nächste Tag sich in die Nacht hineinarbeitete.

Abends koche ich mir eine klare Gemüsesuppe und binde mir ein Küchenhandtuch um den Kopf, damit mein Haar nicht ständig feucht wird

Es wundert mich, dass noch niemand von oben heruntergekommen ist oder zumindest geklopft hat

Vielleicht steht die Wohnung über mir leer

Vielleicht hat sich längst, ohne dass ich es gemerkt hätte, das ganze Haus geleert, und ich bin die Einzige in diesem Wohnturm, in eingebildeter Gesellschaft

Oder es ist eine Probe, die ich durchstehen muss

Meinmann könnte sie geplant haben, um zu prüfen, wie ich mich in schwierigen Situationen allein bewähre

Schließlich will er, dass ich mich hier weiterentwickele, und bisher hat es kaum Hürden oder Hindernisse gegeben

Gut, die unzähligen Stunden allein am Fenster, die Besuche, denen ich nicht entrinnen konnte

Aber von Bedrängnissen kann keine Rede sein, ich habe bisher alles, was ich brauche, hier vorgefunden

Ich stelle mir vor, dass bald schon die ersten Schimmelpilze an der Decke erblühen werden

Was wird K dazu sagen?

Eine verschimmelte Wohnung kann sie nicht vermieten

Auch die Gäste Meinesmannes wird der Schimmel abschrecken, und sie werden nicht mehr kommen wollen

Wir werden wieder allein hier oben sein, einen Atemschutz über Nase und Mund, werden wir uns gegenübersitzen und zur Decke schauen, wo ständig neue Flecken und Muster entstehen, verwittern und vergehen

Schließlich kommt er

Ich habe beschlossen, ruhig zu bleiben, und warte im Schlafzimmer auf ihn, wo es immer noch trocken ist

Als er ins Wohnzimmer kommt und sich nach mir umschaut, antworte ich nicht

Ich höre, wie er langsam über das nasse Parkett geht, auf die Möbel klopft und leise flucht

Seine Überraschung wirkt echt: Ich glaube nicht mehr, dass er etwas damit zu tun hat

Ich höre ihm eine Weile zu, wie seine Schuhsohlen auf dem feuchten Boden quietschen, er rubbelt mit einem Tuch oder einem Lappen über die Möbel

Dann rufe ich ihn

Du hast ja gesehen, was passiert ist

Verdammt, ruft Meinmann, wie kann das sein, ein solider Neubau, ich meine, bei den Preisen ist mit so etwas ja nicht zu rechnen

Alles ist zerstört, sage ich heftiger als geplant, und plötzlich steigen mir die Tränen in die Augen

Ich fahre mir ungeduldig über das Gesicht und sehe Meinemmann trotzig entgegen

Er setzt sich zu mir aufs Bett

Zerstört? Ach was, die Möbel sind nass, das ist alles

So einfach ist das nicht, sage ich und räuspere mich mehrere Male, das ist schlimmer, als du meinst

Und was soll daran schlimm sein?

Meinmann legt mir die Hand auf den Arm, aber ich rücke ab

Ich rufe einen Klempner und spreche mit den Nachbarn, und die Möbel müssen wir abdecken, mit Plastikfolie

Und was ist mit mir?

Ich fange an zu schluchzen, obwohl ich mir fest vorgenommen hatte, nicht zu weinen, aber meine Beschlüsse zählen nicht mehr, auf einmal fühle ich mich elend und hilflos

Dass Meinmann genau zu wissen scheint, was wir tun sollen, macht es schlimmer

Es sollte genau andersherum sein, in meiner Zeit allein hier oben sollte ich gelernt haben, für mich einzustehen

Ich denke an die schönen, gewitztten Frauen, die neulich hier mit ihren Sektgläsern standen, sie hätten sich selbst zu helfen gewusst, hätten nicht hier gesessen und Handtücher ausgewrungen

Ganz sicher wären sie gar nicht erst in diese Wohnung gezogen, niemand hätte das getan außer mir

Ich begreife nicht mehr, wieso ich zugestimmt habe, warum ich von allen Möglichkeiten, die es gab, gerade diese gewählt habe

Ich begreife nichts mehr

Alles ist lächerlich, die Heulerei, diese Wasserflut und ich selbst

Weil ich mich so schäme, schluchze ich noch heftiger

Meinmann zieht sich aus dem Schlafzimmer zurück und geht langsam in der Wohnung umher, um den Schaden genauer zu besichtigen und damit ich mich beruhige

Ich krümme mich auf dem Bett

Das Weinen fühlt sich an wie ein Krampf, der sich erst

nach einer Weile löst, als ich mich auf den Rücken drehe, die Augen schließe und versuche, langsam zu atmen

Ich reiße den Mund auf und hole Luft, dann atme ich mit einem Gurgeln wieder aus

Es erinnert mich an die erste Stunde in dieser Wohnung, als ich mit aufgesperrtem Mund auf dem Sofa saß und stolz darauf war, diesen Schritt gegangen zu sein, oder erinnere ich mich falsch?

So liege ich eine Weile

Dann beschließe ich, mit Meinemmann zu reden

Als er besorgt den Kopf durch die Tür steckt, um nach mir zu schauen, so wie er es immer gemacht hat, wenn ich krank war, sage ich es

Ich kann nicht mehr hierbleiben

Ach was, sagt er, lehnt sich in den Türrahmen und hebt die Augenbrauen, als hätte ich etwas Abwegiges gesagt

Ach was

Wir müssen erst mal was unternehmen, ich gehe gleich nach oben und schaue nach, ob jemand da ist, und dann holen wir die Handwerker

Du, sage ich, du holst die Handwerker, ich habe ja kein Telefon

Ja genau, sagt er und hat noch nicht verstanden

Ich muss deutlicher werden

Ich kann so nicht leben, sage ich leise

Der Satz klingt bekannt (viele haben ihn vor mir gesagt)

Um ihn mir zu glauben, wiederhole ich ihn, diesmal etwas lauter

Sollst du ja auch nicht, sagt Meinmann, in einer feuchten Wohnung sollst du natürlich nicht leben, aber das kriegen wir hier bald wieder trocken

Du hast gut reden, sage ich, du musst ja hier nicht bleiben

Wenn du möchtest, bleibe ich hier, sagt Meinmann, das ist zwar gegen unsere Abmachung, aber ich lasse dich nicht allein, solange das Wasser von der Decke tropft

Aber danach lässt du mich allein

Wieder klingt meine Stimme weinerlich

So war es gar nicht beabsichtigt, ich höre mir zu, wie ich Sätze sage, die ich gar nicht meine, und ihnen haftet ein Klang an, den ich mir nicht aussuche

Meine Kehle ist eng und vollgestopft, als hätte mich jemand mit Schaumstoff gefüttert

Kein Wunder, dass Meinmann genau so antwortet, wie ich es auch täte, er folgt dem Drehbuch, nicht anders als ich

Du wolltest doch allein leben und schreiben, sagt er, es war deine Entscheidung

Wir können alles sofort ändern, das weißt du, niemand hält dich hier oben gefangen

Du kannst jederzeit zu mir zurückkommen

Du hast es genau so gewollt

Das stimmt nicht, wende ich ein

Ich wollte gehen, aber nicht eine Wohnung, die er mir gekauft hat, in ein Bett, das er mir aufgebaut, an einen Schreibtisch, den er mir hergerichtet hat

Seine Stimme wird schärfer, und wie immer, wenn das passiert, wird mir beklommen zumute, mein Puls beschleunigt sich, als nähere sich eine Gefahr

Ich kann ihr entrinnen, indem ich schweige und warte, bis sich das Herzklopfen wieder beruhigt hat

Aber ich halte nicht inne

Ohne zu überlegen, rede ich gleich weiter, in das Herzklopfen hinein

Meine Kehle ist eng, aber ich öffne den Mund und spreche

Du machst mir Angst, sage ich schnell, und das weißt du

Er winkt ab, über solche Dinge reden wir nicht

Wir sind jetzt der Grenze des Erlaubten gefährlich nahe

Er macht eine wegwerfende Handbewegung, als müsse er einen kaputten Styroporbecher oder eine zerrissene Packung loswerden, irgendetwas Feuchtes, Klebriges, das ihm die Finger beschmutzt

Und weil du mir Angst machst, bin ich hier

Er starrt mich an

Was willst du damit sagen?

Mir wird heiß

Ich winde mich

Obwohl ich den Mund öffne, kommt kein Wort

Selbst wenn ich sprechen könnte, wäre es unmöglich

Erbärmlich kauere ich auf dem Bett wie ein krankes Kind

Du schweigst jetzt besser, sagt Meinmann, und wir beenden diesen Abend

Seine Augen schimmern wie Glas

Er wartet ab, bis ich langsam nicke

Dann stößt er sich vom Türrahmen ab, als wolle er auf mich zukommen, dreht aber ab und verschwindet

Ich höre, wie er die Tür leise ins Schloss drückt

Ja, wir beenden diesen Abend, sage ich

Meine Stimme ist zurückgekommen, ich räuspere mich, sage es noch mal, auch wenn es niemand hört

Ich hole die Klarsichthülle mit den Geschichten und einen Kugelschreiber, dann gehe ich in den Flur, ziehe meine Schuhe und die warme Jacke an, öffne die Tür und verlasse die Wohnung

10.

Ich gehe durch die leere, dunkle Stadt, als sei nichts gewesen

Nur wenige Menschen sind noch unterwegs, niemand bemerkt mich, niemand erkennt mich

An der Klinkerwand hinter der Buchhandlung lehnen Betrunkene, werfen ihren Hunden Stöcke und feuern sie an

Die Auslagen der Geschäfte sehen unverändert aus, beim Metzger sitzt immer noch dem prallen Plastikschweinchen der Strohhut schräg auf den Ohren, der Laden mit den Taschen und Rucksäcken ist sanft ausgeleuchtet

Im Reisebüro brennt hinter den Aushängen und Werbepostern auch noch Licht, als müsse ständig daran gearbeitet werden, dass die Menschen ihren Ort wechseln

Ich gehe über den dunklen Marktplatz, das Kopfsteinpflaster glänzt schwarz, und hebe den Blick

Ich bin nun in der Mitte der Stadt, um mich herum öffnen sich die Gassen und Straßen, und zum ersten Mal seit langer Zeit spüre ich die feuchte Luft im Gesicht

Ich horche in mich hinein und spüre gar nichts, weder Angst noch Aufregung, es war so einfach, dass ich mich fragen muss, warum ich nicht schon längst hinausgegangen bin, was mich gehalten hat und ob ich den Verstand verloren habe

Das muss ich mich fragen

Als ich weitergehe, vergesse ich die Fragen, ich laufe, Schritt für Schritt, und klingele bei G

Er wohnt am Rande der Altstadt, in einem schmalen hohen Haus mit einer Dachterrasse, um die ich ihn immer beneidet habe

Damals saßen wir im Sommer dort oben, stritten und lachten, aber das ist so lange her, dass er sich nicht erinnern wird

Ich habe eine Geschichte über ihn geschrieben, vielleicht könnte ich sie ihm zeigen

Er öffnet die Tür einen Spaltbreit, als hätte er Angst, ausgeraubt zu werden

Du kannst dir eine Gegensprechanlage einbauen lassen, sage ich statt einer Begrüßung, dann musst du nicht immer extra runterkommen

Weißt du eigentlich, wie spät es ist, sagt er, als sei ich seine Tochter, die schon längst hätte zu Hause sein sollen

Ich glaube, er hat noch nicht begriffen, dass ich es bin, dass ich es nach all den Jahren bin, dass ich losgegangen bin, und nun ist er der Erste, den ich besuche

Aber sein Gesicht ändert sich nicht, als ich sage, ich bin immer noch nachts lange wach

Klar, manches bleibt eben so, sagt er, komm rein

Wenn ich eine Umarmung oder einen Tusch erwartet habe, so bleibt er aus

Aber ich habe nichts erwartet

Er geht voran, die Treppe hoch

Das Gästezimmer, der Flur: alles wie früher

Im Wohnzimmer liegen seine Bücher, eines aufgeschlagen, auf den Seiten liegt eine Lupe

Hast du deinen Katalog fertig, frage ich

Ach weißt du, sagt G vage, es gibt immer etwas zu tun

Er ist schmal geworden und um die Schultern bereits etwas eingesunken vom vielen Handschriftenlesen

Vielleicht hat er all die Jahre nichts anderes gemacht, und wie man mit dieser stillen, beharrlichen Tätigkeit sein Leben verbringen kann, ist mir ein Rätsel

Aber still ist G nie gewesen, er setzt einen Tee auf und erzählt von seinen Gedichten, als gäbe es nichts anderes auf der Welt, während ich langsam die Jacke ausziehe

Ich bin aus der Übung

Ihm wird es nicht auffallen, dass ich das Geschehen nicht verfolgt habe, er wird von keinem Geschehen wissen, sicher liest er noch immer keine Zeitung, nirgendwo sehe ich einen Computer

Er bringt mir einen Becher mit Tee

Du wirst müde sein von der Reise

Aber ich habe ihm doch gesagt, dass ich nicht weit gehen musste

Du wirst dich ausruhen wollen, wiederholt er, im Gästezimmer ist das Bett frisch bezogen

Wollen wir nicht erst ein bisschen erzählen, frage ich, denn nun, da ich wieder unter die Leute komme, möchte ich auch etwas davon haben

Was hat G in den letzten Jahren mit seinen Gedichten angestellt

Was hat er mit sich angestellt, seine Hosen sind ihm zu weit, und an den Füßen trägt er Hausschuhe wie ein alter Mann

G, wie lange kennen wir uns?

Schwer zu sagen, meint er und schiebt einen Bücherstapel zur Seite, um seinen Ellbogen abzustützen

Ich denke nicht mehr viel an früher, weißt du, ich habe kein gutes Gedächtnis für Menschen

Möchtest du noch duschen?

Das hat er auch früher schon so oft gefragt, dass ich mich dazu genötigt fühlte

Ich schien ihm einen verwahrlosten Eindruck zu machen

Dabei kommt er mir selbst zerzaust und ungekämmt vor, aber bei ihm liege es daran, dass er Wichtigeres zu tun habe, hat er früher oft gesagt, eine zeitlose Arbeit, die alten Gedichte dem Vergessen entreißen und längst verklungene Stimmen zu Gehör bringen

Spielst du noch Geige, fragt er, da ich auf seinen Vorschlag nicht antworte

Ich möchte meinen ersten Abend außer Haus nicht unter der Dusche verbringen

Er sitzt auf der Kante seines Stuhls, als wolle er gleich aufstehen und zu Bett

Eine merkwürdige Art, einem lang verschollenen Gast ein Willkommen zu bereiten

Vielleicht störe ich ihn auch

Oder er hat tatsächlich vergessen, wer ich bin

Aber dass ich damals oft einen Geigenkasten unter dem Arm herumtrug, weiß er noch

Nur habe ich ihm nie erzählt, dass darin keine Geige,

sondern meine Unterlagen, Stifte und ein paar warme Socken waren

Auch Meinmann hat lange geglaubt, ich sei Geigerin, bis ich ihm nach einer Liebesnacht das Geheimnis offenbarte und den Geigenkasten öffnete (als ein Zeichen meiner Ehrlichkeit)

Ich bereute es sofort, als ich die Enttäuschung in seinem Gesicht sah

So wie er sich später wünschte, dass ich schrieb, freute er sich an der Vorstellung, eine Geigerin an seiner Seite zu wissen

Lange schon nicht mehr, sage ich zu G und warte darauf, dass er nach Meinemmann fragt oder nach den Kindern

Das alles scheint ihn nicht zu interessieren

Unruhig fingert er an dem Bücherstapel herum, weicht meinem Blick aus, während ich den Tee in langsamen Schlucken trinke

Fast wünschte ich, ich wäre nicht hierhergekommen

Dieser beklommene Gelehrte aus meiner Vergangenheit interessiert sich nicht für mich

Aber nun kann ich nicht zurückgehen, ich habe ja gar keinen Schlüssel

Ich beschließe, rasch im Gästezimmer zu verschwinden und abzuwarten, ob G am nächsten Morgen ein besserer Gastgeber ist

Ich werde mit ihm frühstücken, ihn nach den Gedichten fragen, über die er sicher einiges zu sagen hat, und mir dann in der Stadt ein Handy kaufen, um meine Kinder anzurufen

Danach werde ich weitersehen

Im Gästezimmer schüttele ich die Decke auf, eine prall gefüllte Daunendecke, für die Jahreszeit zu warm

Ich ziehe die Hose und den Pullover aus und stehe in Unterhemd und Unterhose mitten im Zimmer

Früher habe ich nackt geschlafen, weil Meinmann es so gewünscht hat

Wir lagen Haut an Haut und glühten an den Stellen, an denen wir uns berührten

Später habe ich dann weiche Schlafanzüge getragen, die den Pyjamas der Kinder ähnelten

Wenn ich sie abends umarmte, roch ich das gleiche frisch gewaschene Frottee

Auf dem Nachttisch liegen ein Gedichtbändchen und eine Packung Tempotaschentücher, und in der Zimmerecke lehnen Bretter neben einer Werkzeugkiste

Ich erinnere mich daran, dass G früher Möbel aus Holz gebaut hat

Vielleicht hat er sogar dieses Bett selbst gezimmert

Auf einmal kommt mir das Bett vor wie eine weiche Umarmung, die jemand für mich bereithält, den ich nicht kenne

Ich hebe mit einem kräftigen Ruck die Matratze aus dem Rahmen, wuchte sie auf den Boden und richte mir dort ein Lager

Unter der Daunendecke bricht mir der Schweiß aus

Ich stehe noch einmal auf, ziehe den Bezug von der Decke, schließe die Tür ab, dann ziehe ich die Blätter mit den Geschichten aus der Klarsichtfolie und lege sie vor mich auf die Matratze

Ich lese sie nicht noch einmal, das habe ich oft genug getan

Stattdessen nehme ich den Kuli und schreibe auf die Ränder

Die siebte Geschichte

Am nächsten Morgen hat G den Tisch freigeräumt

Die Bücher stapeln sich nun auf dem Boden und dem Sofa wie ein Bühnenbild

Mir gefällt das nach der staubfreien Leere meiner Wohnung

Wir schneiden uns Scheiben von dem Schwarzbrot herunter, das Georg auf einem Holzbrett hereinträgt, und einen Tee hat er auch bereitet, den gleichen wie gestern Abend

Wir reden über die Leute von früher, H und D, aber G weiß nicht viel, er hält mit niemandem Kontakt

Das interessiert mich einfach alles nicht, sagt er, mir kommt es nicht darauf an, was wer wo macht, deswegen bin ich aus der Zeit gefallen

Du lebst eben in einer anderen Zeit, schlage ich vor

Nun könnte er mich fragen, in welcher Zeit ich lebe

Immerhin war ich lange nicht mehr unter Leuten

Ich weiß nicht, was in der Welt vor sich geht, darin sind wir uns ähnlich

Er könnte eine Verbündete in mir sehen

Ratlos starren wir uns an und drehen die Teetassen in unseren Händen

Ich könnte ihn wieder nach seinen Gedichten fragen, aber sie bedeuten mir nichts

Plötzlich wird mir klar, dass auch G mir nichts bedeutet

Ich bin einfach aus Gewohnheit zu ihm gekommen, weil

er mich früher einmal aufgenommen hat (einen Menschen mit einem Gästezimmer kann man einfach besuchen)

Es muss doch in dieser Stadt auch andere Menschen geben, die mich aufnehmen würden

Niemand muss mich aufnehmen

Ich habe die Wohnung über den Dächern verlassen und kann leben, wo ich will, jedenfalls so lange, bis ich Geld brauche

Arm bin ich nicht, das Geld, das wir gespart haben, gehört auch mir

Die Wohnung gehört uns beiden

Wir teilen alles

Wir haben alles geteilt

Was ich brauche, kann ich mir nehmen: jedenfalls war das so abgemacht

Ich kann D besuchen oder H oder einen der vielen Menschen, die ich immer schon in dieser Stadt kenne oder gekannt habe oder jedenfalls erkannt habe

Zur Not kann ich herausfinden, wo die Kinder leben

Allzu weit weg wird es schon nicht sein

Vielleicht wohnen sie sogar in dieser Stadt und warten nur darauf, dass ich mich endlich melde, dass sie mich zu Kaffee und Kuchen einladen und mir ihre Leben zeigen können, ihre WGs, ihre Freunde, ihre Schreibtische und Kühlschränke

Vielleicht haben sie sogar schon Kinder

Aber das kann ja gar nicht sein, ich komme schon ganz durcheinander

Ich muss aufbrechen, sage ich zu G, der nicht widerspricht, sondern sofort die Tasse zwischen den Büchern abstellt und erleichtert wirkt

Er erhebt sich und zieht den Hosenbund hoch, eine Bewegung, die ich nur von alten Männern kenne

Ja dann, sagt er, beim nächsten Mal bringst du mehr Zeit mit

Ich weiß genau, dass er so wie ich weiß, dass es kein nächstes Mal geben wird

Ich muss erst mal wieder Fuß fassen, sage ich, und er nickt, obwohl er mir sicher gar nicht zugehört hat

Wir wissen beide, was sich gehört

Ich hole meine Jacke und den Umschlag mit den Geschichten aus dem Gästezimmer

Die Matratze liegt noch auf dem Boden

Vielleicht hilft ihm seine Freundin damit

Dann erinnere ich mich, dass ich die Freundin erfunden habe, und schüttele G die Hand

Frohes Schaffen, sage ich und weiß, dass er gleich an die Arbeit gehen wird, sobald ich die Tür hinter mir schließe

Vielleicht irre ich mich auch, denn als ich durch den Vorgarten gehe, treffe ich an der Hecke auf eine Frau, die sich gerade mit einer Hand die Haare zu einem Pferdeschwanz zusammenbindet, während sie mit der anderen das kleine Tor zu Gs Haus aufstößt

Während wir beide einen Gruß murmeln, drängele ich mich an ihr vorbei und sehe aus den Augenwinkeln, wie sie stehen bleibt und mir hinterherschaut

Der Morgen ist kühl, denke ich

Gleich wundere ich mich, wie ich diesen Gedanken denken kann, als sei es selbstverständlich, am Rand der Altstadt durch eine kühle Gasse zu gehen, die so sorgfältig leer gefegt vor mir liegt, als hätte eben gerade noch jemand alles geputzt und gewischt

Eine saubere Stadt, denke ich, und ich laufe darin herum, die Luft kalt am Hals und auf den Wangen, ich sollte mir die Lippen eincremen

Die Jacke halte ich am Hals mit einer Hand zusammen, weil ich den Schal in der Wohnung vergessen habe

So kann man es nicht sagen, eher müsste man sagen, dass ich alles zurückgelassen und nichts vergessen habe

Wie ich hier gehe, Gs Haus im Rücken, vor mir das sauber glänzende Kopfsteinpflaster, den bitteren Geschmack von Gs Tee noch im Rachen, fühlt es sich nicht an, als hätte ich mein altes Leben hinter mir gelassen

Wie man so sagt

Ich weiß auch gar nicht, welches gemeint sein könnte,
das Leben in der Wohnung
oder das im Haus mit den Kindern,
oder welches sonst,
was alt und was neu ist

Ich spüre, wie ich hier langsam gehe und lächle, wie mein Gesicht um die Lippen herum und in den Augenwinkeln aufbricht, wie die Haut zuckt und spannt

Es ist albern, allein in der Gasse herumzulächeln

Ich bleibe kurz stehen und fahre mir langsam mit Zeigefinger und Daumen über das Gesicht, von der Stirn bis zur Kinnspitze, als könnte ich mir die Falten und das Lächeln aus dem Gesicht herausstreichen

Mein Gesicht fühlt sich jetzt leer an

Mir fehlen die Erfahrungswerte

Mir fehlen ein Handy oder ein Spiegel, in dem ich mich kontrollieren könnte, keine Schaufenster in Sicht

Nur glatte, fensterlose, säuberlich gemauerte Wände aus rötlichen Quadern

Keine Spur mehr von Lächeln
Das ist gut
Fröstelnd stehe ich in einer gemauerten Gasse, niemand kennt mich, nichts wartet auf mich
Und ich brauche einen Kaffee

»Freiheit geht uns gar nichts an«

*Cover- und Preisänderungen vorbehalten

Annette Pehnt

Alles was Sie sehen ist neu

Roman

Piper, 192 Seiten
€ 18,00 [D], € 18,50 [A]*
ISBN 978-3-492-07010-2

Sie kannten die Plätze, Kaiser und Pagoden aus den Nachrichten. Aber sie wollten alles mit eigenen Augen sehen. Deshalb stehen sie nach einem langen Flug in Kirthan, vor ihnen der Reiseleiter Nime, Geschichtenerzähler und Welterklärer. Er wird ihnen den Tempel der Ewigen Freundlichkeit zeigen, die schnurgeraden Prachtstraßen und das asiatische Essen. Doch plötzlich ist Nime nicht mehr da. Und es stellt sich die Frage nach seinem Verschwinden und der Bedeutung hinter dem, was ihre Blicke erfassen.